ぶっ壊ればあさん

金子 哲男
Tetsuo Kaneko

文芸社

目次

プロローグ　ぶっ壊ればあさん　5

第一章　回復に向けての攻防　13

くも膜下出血と出血性脳梗塞との攻防　14
食うことへの執念　33
骨粗しょう症予防にもなっていた筋トレ　59
水頭症発症を抑制するための取り組み　80
壊れた脳における神経細胞ネットワークの受け持ち　97

第二章　脳が作り出すイメージを超えて　117

「空」との出会い　118

脳が作るイメージ　120
「空」を「空」に留めない　124
教育に託されること　130
「空」にカテゴライズされる何か　133
文字で表せない先人の知恵　138
「空」を見る科学の目が明かす宇宙の実態　141
生物多様性の維持とは　146
「空」を「空」に留めようとする意識を超えて　154
脳を占有する興奮を超えて　161
「空」としての「国」　167
エピローグ　すべてを超えて　178

プロローグ　ぶっ壊ればあさん

わたし、金子トシ子は、１９２４（大正13）年8月18日生まれの90歳になるばあさんです。わたしの歳になってぶっ壊れますと、いさぎよく生の終焉を認めるという選択肢が、圧倒的な優位性を持って迫ってくる多数の事情に気づかされます。免疫力だけでなく、骨組織や各種臓器を構成するどの細胞においても活力が衰えていると見なされるので、それも当然です。ただし、免疫システムや各種臓器に残る能力は、どこかまで生を可能にするはずです。それを確認する選択肢は、劣勢ですが取り得ます。

わたしは、第2の選択肢を選びました。そのせいか、歩行器を押しながら、いつもの薬を頂きに行く薬局のお姉さんから、

「不死身ねえ」

なんて、たびたび言われてきました。最近では「スーパーおばあちゃん」なんて言われ方もされています。もちろん、ぶっ壊れ脳を抱え込んだわたしの身体に起こったことは奇跡でも偶然でもありません。わたしの身体に残る生きる能力やぶっ壊れ脳に残る能力に関

して、それらを引き出す試みがあったのです。それがどのようなものかについては、これからお話ししようと思います。ぶっ壊れた脳に見える世の中のでき事がどんなものかもお話ししようと思います。

わたしの脳は出血性の脳梗塞であちこちぶっ壊れたことに加えて水頭症という病気で今でもぼろぼろ状態です。そもそも、寝返りだってろくにできない身体になっていたのです。そんな寝たきり状態はほとんど2年間に渡って続いていました。

寝たきり状態のために生み出される多量な時間を、わたしは、テレビのいろんな番組を視聴することや新聞を読むことにあてる他ありませんでした。テレビや新聞がもたらすことから、わたしは、勉強させられざるを得ないわけです。この事情は、幸か不幸か、わたしにさまざまなことを考えさせることになりました。

般若心経を貫く重要な考え方に、「空」があります。わたしは、その考え方を介して、考えさせられ続けてきました。既に、その考え方は、たくさんのことを、わたしの脳に気づかせています。もちろん、わたしの脳の活動から生まれる気づき、それは、ぶっ壊れ脳に許される気づきです。わたしの気づき、それは、ぶっ壊れ脳を特徴づける産物です。それがどのようなものかについては、想像力を働かせてください。

わたしらの年代では、幾つかのお経を、なかでも般若心経を暗唱している人は珍しくありません。94歳になっても元気に活動しているわたしの姉は、何も見ずに、それを唱えることができます。一昨年、84歳で癌で他界したわたしの甥も、何も見ずにそれを唱えていました。

水頭症の症状が十分抑制されていれば、わたしのぶっ壊れ脳の中に般若心経の記憶は蘇ります。そのとき、わたしは何も見ずに、それを唱えることができます。ただし、わたしの寝たきり状態は、わたしが仏壇の前に立ち般若心経を唱えることを許しませんでした。

わたしの寝たきり状態は、そもそも、わたしの身体を立ち直らせることに対して巨大な障壁として立ちはだかっていたのです。そのとき直面していた困難さは、今日の医療ができることとは何かを、わたしに思い知らせるのに十分なものでした。お医者さんたちだけでなく、わたしの脳のぶっ壊れ方も、わたしの筋肉の衰えも、機能回復を考えるより、生の終焉を迎えるまでの間、安静に寝ていることを勧めておりました。いわば、わたしの身体は、「ベッドの上に横になりながら衰弱する道を確実に歩まざるを得ません」とお墨付きを頂いていた身体だったんです。しゃべることに事欠き、意思表示がろくにできない状態だったわたしの身体への医療処置といえば、食い物を胃に直接突っ込むために腹に穴をぶち開ける手術を受けることだけだったのです。

ところが、わたしは、味が判らないまま食い物を胃に突っ込まれるくらいなら安楽死の方がましだと思うくらい、食い意地が張っているんです。食い気だけは、人一倍あるんです。わたしは、生きているから食うのではないのです。たとえ、わたしの脳のぶっ壊れ方が深刻でも、味覚と嗅覚を司る中枢はだめになっていないのです。

1ヶ月間の昏睡状態から意識が戻ったとき、病院のベッドに横になっているわたしは、左手と左足の動かし方、そしてしゃべり方がまったく判らなくなっている自分に気づきました。その後、わたしのぐちゃぐちゃの身体は38度あるいは39度の熱に頻繁に襲われていました。そんな状態が数ヶ月続く中、わたしは、まめ大福を無性に食いたくなりました。

わたしは、

「何でまめ大福買ってこないんだよ」

と息子に言ったあのときを思い出します。

その当時と言えば、ベッドの脇のテレビを視聴するかCDを聞かされるかしかなく、わたしの身体の状態は、わたしの意志でできることをことごとく失わせていました。回復期病棟のベッド上に横たわるだけのぐちゃぐちゃのわたしの身体を想像してみてください。

その当時のわたしの状態に対面していたお医者さんたちの中にも親戚の人たちの中にも、今のわたしを想像できた方はいないはずです。誰もが不可能と思っていた状態に向け、わたしの食い意地が、わたしの身体を突き動かしたに違いないのです。わたしには、そのように思えます。

ところが、今のわたしの状態を、息子の奴は自分の手柄でもあるかのように自慢げに人に話すんです。もちろん、息子の言うことが判らないわけではないです。わたしの身体の状態は、みんなが不可能と思う方向に向かって動いたのだからです。今は、生きている物体という視線でわたしの身体を見る人は誰もいないはずです。お医者さんたちを含めみんなが、わたしの身体の状態を特別な目で見てくれているに違いないのです。

２０１４年現在、わたしに施される医療処置は医療法上の慢性期に属しています。ただし、２ヶ月に一度の定期診察を受けに近所のリハビリテーション病院に行くか、水頭症の症状悪化またはその他の突発的な不具合の発生で病院に行くということ以外に病院に行くことはありません。普段は、ケアマネジャーさんのケアープランと手配とに従って、デイサービス、シルバー人材センター、訪問診療、訪問看護、訪問マッサージ、そして介護ヘルパーに助けられながら、わたしは自宅で過ごしています。

なお、わたしの脳は、出血性の脳梗塞を発症し脳神経組織が脆弱になっているためか、脳圧の小さな上昇でさえ水頭症の症状を出現させてしまいます。油断をすると、わたしの脳はその症状を短期間のうちに悪化させてしまいます。先生方にとって、わたしの脳の状態を見極めることはとても難しいようで、症状をかなり悪化させてから医療処置を施すというようなことを繰り返してきました。それでも、今のわたしの状態は落ち着いています。食べることを楽しむだけでなく、歩行器につかまり腰を支えられながら散歩もできるのです。歩行器につかまり、遷宮されて間もない伊勢神宮にお参りさえしてきました。

この状態までたどり着けたのは偶然や奇跡ではありません。きつく痛い思いをたくさんさせられた結果なのです。脳神経組織の新生を助けるための動作は、回復への最初の取り組みでした。その動作は、筋肉を伸ばし縮めることであり、それは、わたしが昏睡状態に陥っているときに始められていました。その後しばらくして、骨粗しょう症予防にも貢献した筋トレ、そして水頭症発症を抑制するための取り組みが、ほぼ同時併行的に行われるようになりました。もちろん、それらは今も続いています。

高齢でぶっ壊れ脳を抱え込んだ上に著しく筋力を低下させていた当時の状態は、今日の医療処置ができることとは何かを問うても回答が得られない状況に相当するものでした。

そのため、わたしの身体は、いろいろなことに出くわさざるを得ませんでした。そもそも、わたしの身体は、回復への普通の道を進むことができませんでした。身体が抱え込んだ最初の不具合を克服していくための期間である医療法上の急性期に、昏睡状態に陥りました。その昏睡状態の最中に、脳梗塞を発症しました。低下した筋力への改善処置を含む医療上の取り組みが行われるべき医療法上の回復期に入ってからの５ヶ月間も、幾つもの原因による発熱で普通の道を進めませんでした。その発熱は筋力の低下を一層助長させました。慢性期へ突入してからも、脳梗塞由来の多数の不具合との格闘が続くことは避けられるものではなかったのです。しかも、それ以外に、脱水症状や水頭症由来の深刻な不具合に出くわす道の上にもいました。

急性期から回復期までを過ごした病院でのわたしの症状は、

「病院から離れることはまずできないだろう」

とお医者さんに断言されるほど深刻な状態だったのです。それでも、わたしは自宅に戻る希望を諦めていませんでした。仏壇に向かって般若心経を唱えたかったんです。確かに、自宅に戻りました。しかし、医療法上の制約やら水頭症の悪化などから、寝たきり状態を克服しそれを唱えるという望みは、まず実現できない望みでした。

幸い、ぶっ壊れ脳の機能も手足や腹部の筋肉の機能も改善させることに成功していきました。筋肉を伸ばし縮める動作も、筋トレも、水頭症の発症抑制も、ゆっくりと効果をあらわし始めたのです。そして、なかなかかなわなかったわたしの望みがかなうときがついにきたのです。そのときはうれしかったです。

第一章　回復に向けての攻防

くも膜下出血と出血性脳梗塞との攻防

わたしがぐちゃぐちゃの身体を抱え込むことになるそもそもの原因は、85歳6ヶ月16日目にあたる2010年の3月3日に、わたしがくも膜下出血を発症したことにあります。わたしは、市外の病院に健康管理を目的として、定期的に通っていました。とは言うものの、そのときまで入院しなければならないような大病を患ったことはありませんでした。

朝、頭痛がひどかったので、その病院に連れて行ってもらい、直ちにCT画像検査を受けました。結果は、くも膜下出血でした。わたしのくも膜下出血は、脳内部にできた動脈瘤が破裂したことによるものでした。幸い、破裂箇所が小さく、しかも、破裂箇所が脳組織に押し付けられていたせいで、出血量が抑制されていました。

手術を受けるため別の病院に救急車で転送されました。そこで、CT画像検査を再び受け、午後、麻酔がかけられました。そのため、手術後、麻酔から覚めるまで、わたしは何が起こったか判りません。息子の話によれば、動脈瘤が破裂した日の翌日にあたる3月4日に、頭蓋骨の一部を切り取り脳神経組織を露出させた後、クリップを用いて破裂箇所からの出血を止める手術が行われたとのことです。その手術には成功しました。ただ、手術の3日後に誤嚥性肺炎を発症してしまいました。間もなくして昏睡状態に陥りました。昏睡状態から目覚めるまでの1ヶ月間、自分の身体に起こったことはまるで判りません。

意識を取り戻したとき、しゃべることができないと言うよりはしゃべり方が判らない自分に気づきました。次に、左手と左足の動かし方が判らないことにも気づきました。ただ、息子の奴がCDのイヤフォンをわたしの耳に突っ込んでいたことは判りました。しかも、頭に響くような音量で、『ふるさと』、『浜辺の歌』などの唱歌やジョン・レノンの『イマジン』を聴かされていました。手どころか首さえ動かし方が判らない始末ですから、されるがままです。

わたしが、昏睡状態のまま過ごしてしまった期間は、医療法上重要な期間だったことが後で判りました。そもそも、病院の役割が医療法によって分類されているという事実すら知りませんでした。当然、特定期間ごとに治療方法が定められている事実も知りませんでした。

医療法上、病院は3つのカテゴリーに分類されています。1つは急性期の治療を行う病院、もう1つは回復期の医療を行う病院、そして残りの1つは慢性期の医療を行う病院です。この分類は、わたしだけでなく、息子も知らなかったようです。その分類がもつ意味は後で思い知らされることになります。

医療法は、医療行為の性格ごとにそれを施す期間を定めています。わたしの場合、医療法上2週間と定められた急性期治療の期間を昏睡状態で過ごしていました。昏睡状態から目覚めたときは、既に、医療法上5ヶ月間と定められた回復期医療の期間に入っていました。その5ヶ月間を、医療法は、生きているだけの状態から健康だったときの状態に向け治療する期間として位置づけています。その期間にハードなリハビリを行い、回復しきれなければ、あとは後遺症として扱われることになります。これこそ、医療法が意味していたことだったのです。

わたしのように昏睡状態に陥っていなくても、ハードなリハビリを実行できないケースはあり得ます。たとえば、脳神経組織内のどこかがぶっ壊れ、そのためにリハビリ指導者の指示を患者が理解できないケースです。リハビリ指導者の指示が患者に伝わらないとすれば、リハビリは実行できません。結局、そのとき患者の身体が抱えている不具合はそのまま後遺症とならざるを得ないというわけです。

聞く能力も見る能力も失っていたヘレン・ケラーのような状況に陥ってしまえばリハビ

リを諦め現在の不具合を受け入れなさいと言われることになるのです。これが現状なのです。もちろんヘレン・ケラーはその状況を克服しました。それだけでなく、米国はもとより日本を含む世界の身体障害者の社会的な立場の改善や正当な立場の確立のために大きな貢献をしてくれました。ヘレン・ケラーは偉大な女性の1人です。

21世紀の今はと言えば、医療従事者からの残念な最後通告を受け入れざるを得ないのです。いわゆる「リハビリ指導者の指示に従い身体を動かせなければ、リハビリを行うことは不可能であり、身体が抱えている今の不具合は後遺症として受け入れなさい」という通告です。残念ですが、膨らんでいる医療保険医療費がわたしたちに突きつけている現実です。

医療法上の回復期段階を経てなお残る不具合や回復期段階で既に通告された後遺症は、慢性期として分類される期間での医療行為に引き継がれることになります。慢性期に入りますと、今以上に機能が改善する可能性はないと見なされ、医療行為はほとんど行われなくなります。そのため、リハビリは軽いものになり、しかも、リハビリが受けられる頻度は1日に1回、20分程度だけになるのです。

わたしの場合、回復期医療として本来リハビリを受けるべき5ヶ月という期間はベッド上で寝て過ぎました。抗生物質耐性菌MRSAへの感染や病原性大腸菌O－25への感染が原因の発熱やその他原因不明の発熱で38度どころか39度への上昇も珍しくなく、37度を下回ることがほとんどないまま、たいしたリハビリを受けられず、その5ヶ月間をほとんどベッド上で寝て過ぎてしまったのです。たしかに、37度を下回ることはときどきありました。それは注射された解熱剤が効いているときに限られたことです。回復期医療が満了した9月20日でさえ、37度を超える程度の熱はありました。なお、回復期医療満了が9月20日となった理由は、その5ヶ月前にあたる4月16日に水頭症の症状を改善するための手術が行われたからです。

9月20日は、くも膜下出血発症後から数えて6ヶ月と18日目にあたります。その日こそ、病院を生きて出るというわたしの夢が実現した日です。身体はぐちゃぐちゃでしたが、病院から生きて退院する日を迎えたわけです。ただし、9月20日に対し、医療法が与えている意味は深刻です。すなわち、わたしの身体が抱えている症状はとうとう慢性化し今以上の改善は見込めないということになったわけです。これは、その日を境にして、わたしの身体への医療行為が医療法上から限定的になることを意味するのです。

そのとき、左足を動かすことに関しては、ぴくぴく動くぐらいで、力を入れて伸ばすとか、あるいは、曲げるとかを行えるような状態ではありませんでした。ただし、左手を動かすことに関しては、脳梗塞による脳神経組織の破壊から生じた麻痺を克服し何の問題もない状態になっていました。退院してからしばらく経ってのことになりますが、左手だけでなく、左足に関しても、わたしは麻痺を克服することになります。もちろん、それは説明できることであり、奇跡ではありません。出血性の脳梗塞で発生した左側の手足の麻痺を克服するために取った方法についてお話しすることができるのです。

そもそも、出血性の脳梗塞は、脳神経組織のさまざまな箇所をぶっ壊す潜在性を持っています。その脳梗塞が引き起こした不具合は、左側の手足の麻痺だけに限定されるものではありません。しゃべり方を判らなくさせたことも、真っ黒な邪魔者が左視野内で視界を常にさえぎっていた不具合も、脳梗塞が引き起こしたことです。それらは、昏睡状態から目覚めたとき、気づいたことです。わたしは、真っ黒な邪魔者を手で何度も払いのけようとしました。しかし、手は空をきるだけでした。払いのけることができないその邪魔者が何なのかわたしには判りませんでした。

わたしがしゃべれるようになったとき、

「変なものがそこにある」

と息子に伝えました。そのとき、息子から脳梗塞のせいであることが教えられたのです。動脈瘤が破裂したとき、噴出した血液がわたしの頭蓋骨の中を満たしました。そのため、わたしの脳はその血液にどっぷりと浸かった状態になってしまいました。赤血球の寿命は約120日です。そのため血液中の古い赤血球は寿命がきたものから順番に壊れていくことになります。血管内を流れる血液中では、赤血球は、劣化したものから順に、脾臓においてマクロファージに捕食され分解されます。分解された赤血球の構成材からは、各種のアミノ酸や鉄が回収され、そして再利用されています。ヘムの分解物であるビリルビンは、胆汁や尿として排出されることになっています。このように、血管中の赤血球が分解され生成した物質は、リサイクルされたり問題なく体外に排泄されたりしているわけです。

しかし、血管の外に出てしまった赤血球、すなわち、わたしの脳をどっぷり浸けた状態にしていた血液中で赤血球に寿命がくると、厄介なことになります。問題を発生させるのです。赤血球の内部には酸素を運搬するためのヘモグロビンが詰まっています。赤血球が壊れれば、脳をどっぷりと浸けた状態にしている血液、その血液中に、ヘモグロビンが溶け出てきます。そのヘモグロビンは分解されて分解生成物の一部は体に吸収されていくことになります。ただし、ヘモグロビンの分解で生じる物質の中に、問題を引き起こす物質が、2つあります。それらが、ヘモジデリンとヘミンです。それらの物質こそ、わたしの脳神経組織内にはりめぐらされているあらゆる血管に問題を発生させたのです。

血管について、土管のように同じ太さを常に維持している構造物であるとして認識されているとすれば、それは間違いです。動脈側の血管は、血管を拡張させる物質である一酸化窒素と血管を収縮させる物質であるエンドセリンとをそれぞれ適度に分泌することによって、一定の太さを維持しているのです。

一酸化窒素は、ヘモジデリンとヘミンとによって分解されてしまうことが知られています。わたしの脳で起こった問題は、そのために生じていました。一酸化窒素が分解され血管を収縮させるエンドセリンが過剰になったため、わたしの脳神経組織内にはりめぐらされているあらゆる血管が太さを維持できなくなってしまったのです。そして、動脈瘤破裂で噴き出した血液にどっぷり浸かっていた脳神経組織の至るところで血管断面に収縮が起こってしまっていたのです。しかも、血管断面の収縮により血液の循環が著しく悪くなった部分で、脳の神経細胞が死んでしまったというわけです。ヘモグロビン分解生成物のために、脳神経組織のいろんなところで、いわゆる脳梗塞が発生してしまったのです。出血由来のこの脳梗塞は、わたしが昏睡状態のとき、起こっていたのです。

その脳梗塞は、わたしから生きる喜びを奪い兼ねない領域にもダメージを与えていました。すなわち、嚥下機能を司る中枢にもダメージを与えていました。実は、食い物を胃に直接突っ込むためわたしの腹に穴を開ける手術を、息子は勧められていたのです。息子はそれを避けようとし、病院の理事長に、後で紹介するような嘆願書を提出していました。その嘆願書を受ける形で、初めての嚥下機能訓練が、7月の中旬に行われました。しかし、訓練を続行することに関しては、否定的な意見が示されるという結果になってしまいました。

その後間もなくとなる8月に、息子は、嚥下機能訓練の再開を求めるための手がかりになる処方に関して、セカンド・オピニオンを得るために、新幹線に乗り遠方の大学病院に行きました。そのとき、わたしの脳のCT画像を見た先生が「嚥下機能を司る中枢にダメージが認められる」と息子に指摘したとのことです。結局、わたしの脳に起こった脳梗塞は、左手の麻痺や左足の麻痺そして左視野の一部欠損に加え、嚥下機能の低下も発生させていたのです。出血性の脳梗塞発症によって、わたしは、脳の神経組織の中に幾つもぶっ壊れた部分を抱え込むという悲惨な状況に追い込まれていたのです。

左手の動作を司る神経組織そして左足の動作を司る別の神経組織は、確かに、わたしの脳の中でぶっ壊れていました。ただし、それらの神経組織の代わりを、形成された神経組織が受け持つようになりました。だから、わたしは左手も左足も今は動かすことができます。どうして動かすことができるようになったか。それを息子がやっていたことを通して説明しましょう。

息子の話によれば、中枢神経と筋肉とは独立した存在ではなく、相互に影響を及ぼし合っているのです。中枢神経すなわち脳神経組織が、インパルス（いわゆる、電気信号）を神経繊維に沿って筋肉へと送り出せば、その信号を受けた筋肉は収縮します。次に、その筋肉の収縮によって伸ばされた別の筋肉から、伸ばされたことを伝える信号が別の神経繊維に沿って脳へとフィードバックされます。しかも、伸ばされた筋肉から発信された信号を受け取った脳の神経組織は、その信号が刺激となり、神経細胞のネットワークを発達させることになります。発達したネットワークは、より強い信号を筋肉に向け送り出せるようになります。強い信号を受けた筋肉は発達し、より強い信号を脳にフィードバックするようになります。その信号を受けた脳内の神経細胞のネットワークは一層発達させられることになるのです。なお、筋肉と脳神経組織とが相互に影響を及ぼし合っている事実は、動物実験において、確認されていることです。

わたしの場合、左手を動かすための神経細胞ネットワークは脳梗塞のために壊れてしまいました。強制的に左手の筋肉を伸び縮みさせたとしても、そのことを伝える信号が行き着く先には、左手を動かすための神経細胞ネットワークは失われて存在していないことになります。脳神経組織におけるこの状態は、自発的に左手を動かすということができない状態です。この状態は、まさにリハビリを諦めなさいと言われる状態です。

しかし、息子はまだ諦める必要はないと考えたようです。なぜならば、神経細胞はニューロン成長因子と呼ばれる特別なタンパク質分子の助けで、信号伝達に使われる繊維状の部分を成長させることができるからです。しかも、神経細胞どうしの結合は、使われない部分で衰退し、使われる部分では発達し、強固になっていきます。このように、神経細胞どうしの結合は、常に動的に変化しています。左手の筋肉の強制的な伸び縮みから生じた信号が脳に行き、その刺激により神経細胞の繊維状の部分が成長してくれれば、新たな神経細胞ネットワークができる可能性があります。しかも、そのネットワークが壊れたネットワークの代わりに左手を動かすことに参画してくれる可能性さえあるのです。

３月19日の金曜日、昏睡状態下のわたしの脳神経組織内で、ヘモグロビンの分解生成物が原因した血管断面の収縮が起こり始めました。このとき、主治医は「血管攣縮によると思われる脳梗塞がＣＴ画像上に現れているが、その脳梗塞の拡がりは、極めて限定的なので後遺症は発生しないでしょう」と息子に告げたようです。翌日の20日土曜日に、主治医はＣＴ画像を息子に見せながら「脳梗塞が右脳側でさらに進んでしまっている」と告げたようです。このとき、わたしの脳に発生した脳梗塞は右脳側で深刻な状態にまで進んでいました。そのことを主治医は息子に説明したようです。

その説明を聞いた息子は、すぐに、昏睡状態のわたしに対して手と足の曲げ伸ばしを試みたようです。そのとき、右手および右足を曲げ伸ばししたとき受ける抵抗感と左手および左足を曲げ伸ばししたとき受ける抵抗感との間に、明らかな違いがあることに、すぐに気づいたとのことです。左手の運動を司る神経細胞のネットワークが壊れ、左手に麻痺が発生していたのです。また、左足の運動を司る神経細胞のネットワークが壊れ、左足にも麻痺が発生していたのです。

このため、連休明けの翌日にあたる24日、息子は市内の病院にセカンド・オピニオンを聞きにいったとのことです。そのとき、重い後遺症を抱え込むことになることを覚悟しなさいと言い渡されたようです。

その翌日にあたる25日の午後、息子が面会にきたとき、４月８日まで装着され続けることになる透明なビニールの管が、わたしの脳に差し込まれていたとのことです。その管を通して抜き取られていた脳脊髄液は、赤血球が壊れてヘモグロビンが溶け出していることを意味する真っ赤な色をし、且つ赤色の懸濁物で濁ってもいたとのことです。

私の脳に起こった脳梗塞は、出血した血液中のヘモグロビンの分解によって引き起こされた血管攣縮による脳梗塞なのです。そのため、壊れたところは、左側の手足を司る神経細胞ネットワークに限定されていません。脳神経組織内のさまざまな箇所で、神経細胞のネットワークが壊れました。わたしにとって最も重要な中枢は、嚥下機能を司る中枢です。嚥下中枢でも神経細胞のネットワークがかなり壊れたわけです。また、左視野内に位置する物体を知覚するために活動する中枢でも、神経細胞のネットワークがかなり壊れてしまいました。さらに、左手左足の皮膚だけでなく、背中、胸、腹、そして腰の各皮膚の感覚を司る中枢でも、神経細胞のネットワークが同様に壊れ、身体の至るところで皮膚の感覚に不具合を発生させました。また、言語を司る神経細胞のネットワークも記憶を司る神経細胞のネットワークも同様に壊れたようです。

さらに、出血性の脳梗塞が、脳内のさまざまな箇所で神経細胞を破壊したことが、わたしの脳神経組織の力学的な構造強度を脆弱化させたに違いありません。わたしの脳神経組織の機能は、脳圧の小さな上昇に対し、とても鋭敏に影響を受けてしまいます。わたしの脳は、水頭症の症状を顕在化させやすいのです。このことは、わたしを悩ませています。

皮膚の感覚を司る中枢において、壊れた神経細胞ネットワークの代わりをする新しいネットワークが形成される機会は、幸い自然に訪れました。それはよいことなのですが、皮膚感覚の麻痺が解消されつつある期間はとても辛かったです。左も右もないんです。手でも足でも腕でも背中でも腹でも、触れられると、しびれた足に触られたときのようにビリビリしていたんです。

週に一度、病院の介護の方々がわたしの身体をシャワーで洗うとき、シャワーのお湯が身体にあたるたびにビリビリしていたんです。しかも、非常にぬるい湯であってもシャワーの湯があたるたびにビリビリしていたものだから、介護の方々は、わたしが水風呂のような低い温度の湯に入っていたんじゃないかと疑っていたと息子から聞かされました。普通の温度の風呂に入っていた事実を、介護の方々には、なかなか理解してもらえなかったようです。誰にとっても、あのときのわたしを想像することは難しいことだと思います。身体全体がしびれていたのです。そんな状態は、ほぼ1年続きました。

左の手足の麻痺を克服するための動作は、血管攣縮による脳梗塞が深刻になったと主治医から告げられた日から始められていました。息子は同部屋の方々としゃべること以外に、昏睡状態のわたしに対して手足の曲げ伸ばしを始めたとのことです。しかも、面会に来るたびに、息子は、昏睡状態のわたしの左手と左足に対し、単純な曲げ伸ばしやひねりながらの曲げ伸ばしをやっていくようにしたとのことです。左手に関しては、1時間に200回から500回へと曲げ伸ばしの回数をしだいに増やしていって、最多の曲げ伸ばし回数としては、1時間に1000回に達していたとのことです。一方、麻痺していることを理由に点滴の針が頻繁に刺さっていた左足に関しては、ゼロ回のこともたびたびあり、最多でも30分に200回程度に留まっていたようです。

左手に関しては、曲げ伸ばしを開始してから2週間目に、右手の曲げ伸ばしで感じられるような抵抗感が現れてきたようです。そのとき、わたしはまだ昏睡状態でしたから、わたしの脳神経組織に何が起こったか知る由もありません。ただ、息子はそのとき新しいネットワークができたに違いないと思ったと言っています。

ほぼ1ヶ月間の昏睡状態から目覚めたとき、わたしはまだしゃべり方も左手の動かし方も判らない状態でした。次の変化は、昏睡状態から目覚めて3週間目に入ったとき、現れました。息子がやる左手の曲げ伸ばしに対し、

「イタイ」

と一言だけ発することができたのです。また、ほとんど同時期に、左手を無意識に動かし始めていたんです。そのことに気づいたリハビリのお兄さんは、本当にびっくりしていました。息子の奴は当然だろうという顔でわたしを見るだけでなく、周りの人に、

「左手を動かすための新しい神経細胞ネットワークができたんですよ」

と言い、驚くにあたらないとまで言うんです。

左足に関して、最多で30分に２００回程度の曲げ伸ばしはしたと言っていますが、曲げ伸ばしがまったくできなかった日が珍しくなかったのです。入院期間中、わたしの左足に点滴の針が頻繁にさされていた事実には、息子は困っていました。当然、曲げ伸ばしが十分にできず、左足の麻痺が続くことになりました。

自由に曲げ伸ばしできない左足に対して、息子は、「つぼ」押しを始めました。足の裏の「つぼ」の位置に関しては、シベリア抑留帰還兵の１人であった大先輩から教えてもらい、また鍼灸をしている従姉からは図を送ってもらい勉強したようです。息子が、足の裏の「つぼ」を指で押す頻度は１日に30回から40回程度でした。

最初は、皮膚感覚が麻痺していましたから、「つぼ」を押されても何も感じませんでし

た。くも膜下出血発症後2ヶ月目にあたる5月ごろから、新しい神経細胞ネットワークが、皮膚感覚を司る中枢神経システムとして、形成され始めたようで、皮膚のどこに触れられてもビリビリし始めました。そんな状態になったとき、「つぼ」を強く押すものだから、ビリビリどころか、顔にシワを寄せるほど痛みを感じるようになったんです。息子はそれを見て、おもしろがり、一層強く足裏の「つぼ」を押すようになりました。そして、「つぼ」を強く押されたときの痛みが、ついに、曲げ方が判らないままだった左足の足首に思わず力を入れさせたのです。そのでき事は、左足の動作を司る新しいネットワークができたことを息子に確信させました。そのときが5月中ごろです。わたしが昏睡状態から目覚めてから、既に1ヶ月半ほど経っていました。

こんなことがあったものですから、息子の奴が自慢げに話すんです。

「手足の麻痺をお袋が克服できたのは俺がしたことが正しかったんだ」

なんてです。しかも、

「麻痺にぶちあたったら皆も同じようにすればよいんだ」

なんて言うんです。もちろん、わたしも、そう思います。脳梗塞による麻痺が発生し、なす術がない状態に追い込まれた方で、もし何か可能性があるならばと考えている方がおられましたら、だめでもともとですから、試すことを考えてみてはいかがでしょうか。重度の麻痺を克服する医療処置としてニューロリハビリがもつ高いポテンシャリティが、２０１４年５月29日の日本経済新聞夕刊に紹介されていました。

頭蓋骨の中に噴き出した血液でわたしの脳をどっぷり浸けることになったくも膜下出血の発症は、わたしにいろいろな困難をもたらしました。しかし、くも膜下出血の発症が、わたしから命を奪うことがなかったことは幸いでした。残念なことをあげるとすれば、ヘモグロビンの分解生成物による一酸化窒素の消費が、わたしの脳神経組織内の血管断面に収縮を発生させたことです。しかも、その消費は、脳神経組織内に縦横無尽に張り巡らされた毛細血管で血管断面の収縮を発生させ、血液の循環を滞らせ、脳梗塞を発生させてしまいました。

その脳梗塞は、脳神経組織内のいろいろな箇所で神経細胞ネットワークをぶっ壊し、左側の手と足を麻痺させ、皮膚感覚に不具合をもたらし、左視野に欠損をもたらし、嚥下能力を衰退させ、言語能力や記憶能力も衰退させました。それでも、くも膜下出血により命を失わなかったため、わたしの脳に起こったことは、わたしにも息子にも珍しい気づきをもたらす機会となりました。

わたしは、世の中のでき事を「空」の考え方を介して考え直す機会を得ただけでなく、考えさせられた結果として、いろいろ気づかされることが増えました。息子は、最近の20年間を、流体状態の物質を特徴づける原子の分布構造や熱力学的性質を、数学を用い研究することにあてていましたが、その研究活動も海外の学会への研究論文の投稿も長い期間完全に滞らせた状態にさせました。息子は、研究の成果を期待してくれている海外の研究者たちに申しわけなく思っているようです。それでも、思わぬことに気づけたことには、満足しているようです。手足の曲げ伸ばしに起因して筋肉が発生させたインパルスすなわち電気信号が、脳神経組織に届き、神経細胞の新しいネットワークの形成を助けたことは、そんな気づきの1つのようです。少なくとも、わたしは、それによって手足の麻痺を克服しました。

なお、視野の欠損に関しては、くも膜下出血を発症した時点から1年と2ヶ月後にあたる2011年5月ごろに解消されました。その結果、わたしは新聞を読めるようになりました。また、黒い邪魔者が視野から消えたため、テレビをますます楽しめるようになりました。このことはわたしに物事を考えるきっかけを数多くもたらしました。

食うことへの執念

　わたしの嚥下機能の回復に関しては、今日の医療の見地から諦めるように勧められていました。食べる能力の再獲得は、お医者さんたちから期待できないこととされていたのです。ところが、わたしの食べる能力は、自然に再獲得できました。大福を食いたいと思うわたしの食い意地が与えた神経細胞への刺激と漢方薬のハンゲコウボクトウの薬効が、嚥下機能の改善に関わったのかもしれません。わたしの食べる能力の再獲得は、お医者さんたちの想像を遥かに超えていました。

　口からの栄養の摂取を諦め、腹に穴をぶち開け、胃に食べ物を直接突っ込む、胃瘻という医療処置を受けさせるようにと、息子に勧めていた先生方は、出血性脳梗塞によるわたしの嚥下中枢の損傷がどの程度に深刻かをよくご存知のはずです。それゆえ、先生方は、腹に穴を開ける以外に栄養摂取の方法はないと結論づけていたに違いないのです。

　結局、息子は、食べる能力の再獲得の可能性を探して右往左往することになりました。息子があっちこっちに出した文章にその痕跡を見ることができます。また、その文章から入院中のわたしの病状も窺い知ることができます。
わたしに胃瘻の手術を受けさせるよう息子が先生方から勧められた後、直ちに息子は病院理事長宛に嘆願をしていました。それは、わたしのために大福を食えるようにしようとした息子の最初の努力でした。それは次のようなものです。

『拝啓　病院理事長様
これまで、いろいろとありがとうございます。
いま、先生方の説明を聞きながら、わたしに課せられていることが、新しい段階に達しつつあると感じ始めております。今般、ご連絡を思い立ちましたことは、そのことに関わっております。母、金子トシ子が抱えている今日の不具合、すなわち、筋力の喪失、排尿障害、心理的満ち足りの欠如、そして嚥下機能障害に積極的に向き合いながら、生きることの質の改善を目指して、次の努力を試みるべきと思えるようになったのです。
先生方や介護スタッフの皆さまによる献身的処置に、心より感謝申し上げます。くも膜下出血を処置する手術が母、金子トシ子の一命を取り留めたことはまぎれもない事実です。感謝いたしております。3月4日に手術を受け、その後間もなくして発症した肺炎で1ヶ月近く昏睡状態が続きましたが、その肺炎も、先生方や介護スタッフの皆さまによる献身的処置により克服できました。血管攣縮により不幸にして生じた脳梗塞は左手と左足に麻痺をもたらしましたが、機能回復処置が功を奏し、左手の麻痺に関しては今では完全に克服できております。4月中旬のころは、原因不明の発熱と下痢が生じていましたが、発熱原因の究明がほぼ完了した5月下旬以降の処置は、母の容態を著しく改善させました。

原因不明の発熱と下痢が生じ、無言・無表情・無反応な状態であった4月中旬のころと比較すれば、母の身体的心理的な今の不具合は、十分に具体的になっています。これは、7月10日に行われた先生の説明から理解できたことです。今後のこととして解釈できたことは、体温を36度台前半に維持できるような免疫機能の自発的活性化を助けることに加えて、寝返りができる程度の筋力強化、排尿機能の改善、心理的ケア、そして胃瘻以外の手段を介した誤嚥対策に問題を特定してよいのではということです。本当に感謝いたしております。

肺炎を克服した4月上旬以降ほぼ3ヶ月間、体温は37度台の中を中心として上昇下降を繰り返していました。その体温も、現在では37度台前半を中心として上昇下降を繰り返す程度に改善されてきつつあります。7月に入ってからは、解熱剤の助けがなくても、そのような状態を維持できるまでになったようです。このことは、免疫機能が自発的に向上してきたことを意味し、今はその免疫機能が体温を正常な状態に戻すのを待つだけという段階に達していると先生から説明を受けました。

また、腸炎の状態も克服でき、今ではＭＲＳＡもＯ-25もストレプトコッカスもカンピロバクターも便中からも血液中からも検出されない状態になっていると告げられました。ただし、このことが、母が食事をとれる状態になったことを意味するわけではないようです。むしろ、誤嚥が原因する肺炎のリスクを積極的に避けるべきであると告げられました。また、最も望ましい選択肢として胃瘻を選ぶべきことも告げられました。

一方、母、トシ子は食べることが好きで、人一倍、食いしん坊です。その母が食べる喜びを失ったら、生きる気力を1つ失うことを意味します。しかし、誤嚥に伴う肺炎を起こせば、それは死亡につながる原因となりえます。そのご指摘はごもっともなこととして受け止めなければなりません。また、口から食物を摂取することで生じえる誤嚥が抱える危険性に比べれば、胃瘻による感染症のリスクなどは恐れる必要のない事柄であるというご指摘もごもっともなことだと思っています。

ただ、生きていることの価値を、可能性を試みずに母の身体から1つ減らしてしまうことには慎重にならざるを得ません。いずれ、誰でも生きているものは亡くなっていかざるを得ません。それでも、生きている間は、できる限り普通の質を維持した生活をおくれるようにしてやりたいと考えます。特に食べることに関しては、母に対し、そうしてやりたいと思うのです。また、そうしてやることはわたしの責務であると考えています。

そのために試みるべき選択肢として、心理的なケアと共に摂食嚥下機能障害や排尿障害に対する機能回復訓練をしてくれるリハビリ病院へ転院すること、それを具体化したいと思うようになったのです。是非、わたしどもの願いをお聞き入れくださり、お力添え賜りますことをお願い申し上げます。

もちろん、それは先生方のご指摘に抗うことになりますが、それは、先生方に敬意を払わないということではありません。生きている間はできる限り普通の質を維持した生活をおくりたいという思いは、万人の望みであるということをご理解ください。その望みは、人に医療の価値を気づかせています。その気づきゆえに、医療行為を行う先生方に、いつでもわたしたちは敬意を払っておるのです。どうか、わたしや母の思いをかなえてやってください。

敬具』

ありがたいことに、この嘆願に引き続き、息子は、さらに嘆願してくれていました。

『拝啓　病院理事長様

先般に引き続き、いろいろとありがとうございます。

母、金子トシ子に関する相談を、6月に引き続き7月20日に医療安全相談センターの医師に受けて頂きました。

ご存知のように、脳外科の先生方の献身的努力によりくも膜下出血に対する手術は成功し、4ヶ月とほぼ20日が経過しようとしています。また、血管攣縮による脳梗塞に起因した左手の麻痺が完全に解消された時点からさえ、2ヶ月を超える期間が経過しています。医療安全相談センターの医師から得られた助言はといえば、現在の母の疾病は脳外科的治療のカテゴリーを離れ、内科的治療に重点を置くべき段階に達していると思われるというものでした。

外科的処置に追われる脳外科の先生方に、母の治療という本来的でない処置のために貴重な時間を割いて頂くことは、先生方には過酷すぎると思います。既に先生方には過度の精神的肉体的な負担をおかけしております。医療行為への強い義務感をお持ちである先生方ゆえに、その義務感は先生方に強いストレスを与えているように見受けられます。先生方の負担を減らし、本来的医療行為に専念できる環境を整えてあげてください。それは、先生方の本来の能力が本来の領域で発揮されることを意味します。また、それは、脳外科的な助けを待つ多くの患者が助けられることを意味します。

今日の母の状態に対しては、食物摂取に伴う消化器官の応答性、排泄器官の機能、ホルモンバランス、ホメオスタシスなどを外科的医療処置に頼らずに改善していく道として何が適するかを検討すればよいような段階にあると受け止められます。わたしの義務の1つは、既にお伝えしていますように、母の唯一の楽しみとなるかもしれない味わうことの喜びを取り戻してやることです。85歳は高齢に違いないが女性の生きる力を考えれば、85歳でも回復能力は十分に備わっていると見るべきであると指摘する医療安全相談センターの医師が言うように、食べる能力の回復をわたしは期待しています。外科的な手段でなく、内科的な処方箋に基づき、健康回復への道を探ることを優先して考えたいと思います。内科の先生に主たる手助けを求めることが、母にとって重要になってきていると思うのです。

30年以上もの長い期間、医療行為に携わってこられたというセンターの医師が言ってく

れた、

「十分に期待がもてますよ」

という言葉を母に伝えてやりました。母は、目を開き、いつもと異なる顔をしてうなずきました。生きることに対してネガティブな雰囲気に包まれていたため心が疲弊していた母に医療安全相談センターの医師の言葉は勇気を与えたようです。

その疲弊した母の心を癒してやることは重要です。それを考慮しなければ、健康への道が険しいままに留まります。その道のりが少しでも平坦になるよう、わたしとしては配慮したいと思います。そのための方法の1つとして、リハビリテーションを兼ね備えた温泉病院でのリハビリ療養を実現したいと考えています。どうか、わたしどもの願いをお聞き入れくださり、ご助力賜りますことをお願い申し上げます。生きることに関して、わたしや母の思いをかなえてやってください。

敬具』

病院理事長への嘆願だけでなく、息子は、群馬県にある温泉病院を始めとして幾つもの温泉リハビリ病院に、実際に出向き、リハビリの受け入れを頼み込んでいたようです。また、それらの病院にお願いの手紙も送っていたようです。

『前略

母の嚥下反射能力はとても衰えているようです。１週間ほど前から嚥下訓練を開始してくださっている言語聴覚士の方の説明によれば、３ミリリットル程度の水を飲み込むのにかなりの時間を要する状態とのことです。しかも、嚥下訓練のとき、むせてしまうことがあるようです。ここのところ３日間、38度程度の発熱があります。その訓練が原因の肺炎かと疑われています。嚥下反射能力が改善され、チューブによる鼻からの栄養摂取や点滴による栄養摂取に頼らずに済むことが今の大きな望みです。

脳神経外科の先生方の力により、くも膜下出血に対する３月４日の手術は成功し、ほぼ５ヶ月が経過しようとしています。左手に関しては血管攣縮に起因した脳梗塞由来の麻痺から完全に解放され、その時点からさえ既に２ヶ月を超える期間が経過しています。医療安全相談センターの医師から得られた助言によれば、母の状態は、嚥下機能、食物摂取に伴う消化器官の応答性、排泄器官の機能、ホルモンバランス、ホメオスタシスなどを積極的に改善していくべき段階に達していると見なしてよいように推察されるとのことです。

ほぼ5ヶ月間、寝たきりで筋力が衰え寝返りさえできない母、トシ子の唯一の楽しみとなるかもしれない、味わうことの喜びを取り戻してやることが、今の大きな目標です。それは、生きることに対してネガティブな雰囲気に包まれ、疲弊している心を癒すことにもなると考えているからです。

草々』

息子の手紙は、こんな具合です。幸いに、回復期リハビリに関し医療法上許される期間が2ヶ月弱も残っていないような状況下でありながら、とても親身になり、受け入れを検討してくれた温泉リハビリ病院が複数あったと息子から聞きました。しかし、いずれも受け入れの実現にはいたりませんでした。とは言え、最後にお世話になった、群馬県の温泉病院へはお礼の手紙を息子は送っていました。

『診療部地域連携室長様

拝啓

先般、そちらを見学させて頂いた折りにはご親切に対応くださり、またいろいろとご教示くださりありがとうございました。リハビリに関する保険点数の評価について厚生労働省に問い合わせ、さらに認識を深めることができました。

早速、医療法上許される保険点数の観点から、回復期リハビリに割り当てられる残された日数が僅かになっていることを伝え、医療情報提供書をそちらに送付するよう担当のソーシャルワーカーにお願いしました。23日になり、地理的に離れていることを理由に、母の受け入れは難しいという返事が届きましたと、担当のソーシャルワーカーから電話連絡を受け取りました。室長のご親切な助言から推察して、母の受け入れができないという理由を、地理的条件に関わることだけに単純に結び付けることは、わたしにはできませんでした。しかし、ソーシャルワーカーにそれ以上の説明を求めることを止め、やむを得ないと納得いたしました。

7月中ごろのわたしには、医療法に関する認識はまるでありませんでした。そのころは、

「今、あわててリハビリをする必要はないですよ」

と言う医師、理学療法士、そして作業療法士の指摘を単純に聞き入れていました。

一方、

「肺炎を起こすリスクが避けられない食物摂取の訓練は実施できません。胃瘻の手術の実

施を受け入れてください」

という指摘がありました。幸か不幸か判りませんが、胃が横隔膜に潜り込んでいることが判り、胃瘻の手術は実施できないと判断されました。

その直後になりますが、嚥下機能改善を助ける漢方薬、ハンゲコウボクトウの効果およびその投与に関して、セカンド・オピニオンを頂くため、わたしは新幹線に乗りました。大学病院漢方内科の先生のグループが、嚥下機能改善を助ける漢方薬ハンゲコウボクトウの効果を突き止め論文を発表していたのです。ハンゲコウボクトウの投与は8月7日から開始してもらえました。そして、7日目の8月13日には、ハンゲコウボクトウ投与に伴う嚥下機能の変化を確認することが予定されていました。また、その8月13日には、漢方内科の先生が提案してくださった「嚥下機能試験法」を実施することにもなっていました。

しかし、その試験法は必要なしと判断され実施されませんでした。非常勤のリハビリの先生によれば、

「口からよだれが流れ出していないという事実は、その試験法を実施しなければならないほど母の嚥下機能は衰えていないということを意味する」

ということだったのです。結局、造影剤を添加した流動物（水、ゼリー、おかゆ）での

透視検査のみが実施されました。

「検査結果は、口の中から喉へ、喉から食道へと各流動物が送り込まれることを確認させるものです」

ということでした。その結果を受けて、8月16日から1日1回の嚥下機能訓練が言語聴覚士により開始されました。ただし、1日あたり2単位の訓練時間をかけてもらうことは不可能なようでした。結局、

「母が口から食物を摂取することは諦めてください」

とソーシャルワーカーから言い渡されました。とても残念なことです。これが現実かと、やりきれない思いで受け止めています。しかし、試さずにすべてを諦めるより、試して頂いてよかったと思っています。ここまで行動を後押ししてくれたのは、室長のご親切によるところが大きいです。今では医療法のことも少しは理解でき、同時に自分たちの足下を理解できるようになりました。本当にありがとうございました。

敬具』

それでも、息子は諦めずに嚥下機能のリハビリに特化して面倒をみてくれる病院を探す

ため、いろいろ努力をしてくれたようです。一方、わたしの嚥下機能を司る中枢のぶっ壊れ方は、もはやどうしようもない状態にあると先生方には思えていたようです。7月上旬には、リハビリの開始時期を急ぐ必要はないという判断を示していた先生方は、8月上旬になると、もはやリハビリを行う時期を逸したので積極的にリハビリを行う意味がないという判断へと、自らの考えを変えてしまっていました。しかも、

「本院で治療を続けることは、他の病院で治療を受けるより、結果はよいものになるということをよく理解してください」

と息子は言われていたようです。わたしの脳のぶっ壊れ方を誰よりも判っている先生方ですから、先生方の心配は当然のことであったと思います。退院後しばらく経って、市立病院で水頭症の可能性を診断してもらったとき、市立病院の先生がわたしの脳のCT画像を見ながら、これでよくここまで健康を取り戻してこられたものですねと驚いていたことを思い出します。

当時、息子はそのようなCT画像の詳細を理解していませんでした。わたしの脳に関するCT画像より、むしろ、脳神経細胞に備わる特別な能力に、息子の関心は集中していたようです。それゆえ、息子は、嚥下機能リハビリに特化した病院を探し出す努力を諦めず

にしていたとのことです。だから、

「嚥下障害へ対応してくれる特別な病院が世の中にはたくさんあるよ」

とわたしに向かって言ってきました。

新宿区内の国立国際医療センター戸山病院リハビリテーション科
（手術対応あり）
清瀬市内の国立病院機構東京病院リハビリテーション科
武蔵村山市の国立病院機構村山医療センター・リハビリテーション科
八王子市内の永生病院リハビリテーション科（慢性期対応あり）
東村山市内の多摩北部医療センター・リハビリテーション科（慢性期対応あり）
茨城県立医療大学付属病院リハビリテーション科（重度障害・長期訓練患者への対応あり）
千葉県千葉リハビリテーションセンター・リハビリテーション科
守谷市内の会田記念リハビリテーション病院リハビリテーション科
船橋二和病院リハビリテーション科（うつへの対応あり）
江東区内のあそか病院リハビリテーション科

武蔵野市内の武蔵野陽和会病院リハビリテーション科

こんな具合です。たくさん調べてくれたものです。そのことはありがたいけど、食うことに関しては、わたしは、自分の力で何とかできるように思えてならなかったんです。

嚥下の訓練でやらされてきたことをわたしは言及しないわけにはいきません。口に合わないものを、訓練指導者が、スプーンで口に突っ込んでくるという状況を想像してください。それを飲み込めと言われても、味覚的に受けいれられないのです。そのことを、訓練のお姉さんは若いから判らないんだと思います。わたしの脳に起こった出血性の脳梗塞は、視覚中枢を部分的にだめにしたけれど、幸い、味覚中枢と嗅覚中枢をだめにすることはなかったんです。ただし、思い起こせば、先生方はそれらの中枢もぶっ壊れていると疑っていました。

回復期医療が受けられる期間に関して、満了が迫る中、慢性期に入っても何かできないか、いくつかの病院に息子はリハビリの相談をしていたようです。そして、「医療整備課」に息子は問い合わせをしていました。

『医療整備課御中

前略

　わたしの母は3月3日にくも膜下出血で病院に入院しました。幸い、翌日の手術は成功しました。また、間もなくして起こった肺炎、点滴針の抜き取りのときの動脈損傷による多量出血のショック、脳内での出血が引き起こした脳梗塞、ＭＲＳＡ感染による腸炎、4ヶ月以上にわたる37度台中を中心に上がり下がりしていた発熱、などの困難も乗り越えて、今日、ある程度、会話ができるようにもなりました。しかし、いろいろな事態に出くわしたものですから十分なリハビリを受けることができずにきました。幸い、脳梗塞による麻痺は左手に関しては完全に解消されました。しかし、母は今日でも寝返りができない状態です。現在入院中の病院でのリハビリ治療は、9月20日で、医療法上、保険点数のカウントが許される最終日１５０日目に達します。現在入院している病院が勧める次の入院先はと言えば、典型的な慢性期の病院で、リハビリを積極的に行わない病院です。そこで、病院の勧めに頼らずにリハビリをしてくれる病院を探し始めました。このことに関して、今日の医療制度および県の見解はどのようなものなのか、教えてください。

草々』

息子による、そのような問い合わせを受けて、県から返事が届きました。

『From：医療整備課管理指導室
Subject：県ホームページからのお問い合わせについて
Date：September 1, 2010
金子様

県ホームページ健康福祉情報の森よりお寄せ頂きましたお問い合わせを拝見いたしました。お問い合わせの内容について、健康福祉部医療整備課長からお答えします。お母様のお具合、大変ご心配なことと存じます。金子様がお母様の転院先について、入院中の病院が勧める病院とは別の病院にご相談に行かれたとのこと、リハビリテーションを受けられる期限が迫り、転院先についてご心配のあまりのことであったと拝察いたします。現在の医療制度は、患者さんの御家族が、他の病院に相談することを規制しておりません。ただし、入院先の病院でも、お母様の病状を考慮した上で転院先を検討していると思います。そのことを踏まえることが大事かと存じます。1日も早く、お母様が安心して治療できる転院先が見つかりますようお祈り申し上げます。』

結局、わたしにとっての医療法上の回復期は、9月20日で予定通り満了となることになりました。すなわち、退院を迎えることになったわけです。しかし、退院直前まで行き先が、確定していなかったことが後で判りました。それでも、礼は尽くすべきと考えます。

息子は次のような手紙を送っていました。

『拝啓　病院理事長様

いつもわたしの母、金子トシ子の件ではいろいろとご厄介になります。また、この度のご手配ありがとうございます。

母、トシ子の次の入院先として、9月20日までに近くの市にある保険病院に転院できるよう手続きを進めて頂きました。また、最終的な身の落ち着き先として隣の県にある理想的な施設をご紹介頂きました。既に、入所の手続きを済ませ、入所の順番待ちというだけとなっております。いろいろ、お力添えありがとうございました。

敬具』

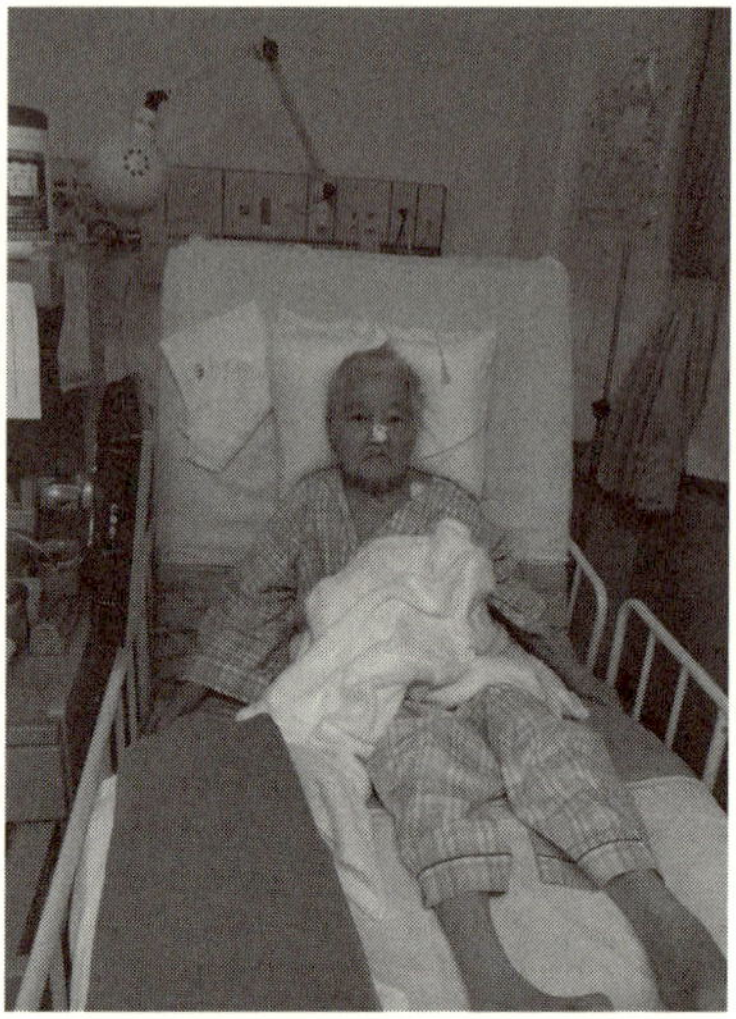

退院を待つぶっ壊ればあさん

退院後の行き先だけでなく、今後のことを配慮した役所への諸手続きも順調に済ませ、退院を待つだけになりました。しかし、退院まで1週間をきった直後に、9月20日に受け入れてもらう手はずになっていた保険病院から少し待って欲しい旨の連絡がありました。幸い、担当のソーシャルワーカーが、近くの県内にできたばかりの有料老人ホームを間もなく紹介してくれました。息子はすぐに見学に行き、その日のうちに入所の手続きをしてきたようです。その翌々日こそが、9月20日だったのです。わたしはその有料老人ホームに入所することになり、20

日の朝、病院を無事退院することができました。

　この瞬間から、わたしは医療法上の慢性期に突入したことになります。わたしの身体は筋力がまるでなく、身体は全体がぐちゃぐちゃでした。くも膜下出血のために生じた出血性の脳梗塞に起因する不完全な皮膚感覚、左視野の欠損、筋力喪失、および水頭症による認知能力の喪失という状態で、医療法上の慢性期に入ったわけです。この状態こそ、医療法が定める後遺症ということになります。

　そもそも、退院時、わたしは意志を伝える能力をほとんど失っていました。意志を伝えるわたしの能力は入院中もかなり不完全なものでした。わたしは生きている物体に近かったのです。ですから、病院の同部屋で仲良くして頂いていたケイさん、エスさん、そしてワイさんから、わたしはたくさん見守られていました。また、よく助けられてもいたのです。

　エスさんとワイさんは、わたしより少し先に退院され、その後、わたしが退院しました。そして、有料老人ホームに入所したわけです。その老人ホームでの様子については、息子がケイさんに宛てて出した手紙の中に、書いていていました。

『拝啓
介護保険の手続きや障害者支援手続きなど、いろいろアドバイスありがとうございました。また、キティちゃんのぬいぐるみ、ありがとうございます。

順調に回復されておられたお母さんの退院は予定どおりと推察いたしております。お袋は、鼻に通されたゴム・チューブを抜くという理由から、入所後3日目から、両手は紐でベッドにくくり付けられ寝なければならないという状況です。その紐を解いてやるとキティちゃんをいとおしそうに抱いています。

ここでは、寝るときいやな思いをさせられています。とは言え、病院にいるという心理的ストレスからは、解放されたようです。そんなストレスが原因して抑えられていたと思われる免疫機能が活性化したのでしょう。現在の体温は36度台の前半に留まるようになりました。病院にいたときの発熱が今は嘘のように思える状況です。

ただし、惨めな今のお袋の姿を見て、やはり早く口から食べさせる訓練を再開させなければと、通いでリハビリを行ってくれる病院を探してきました。受け入れ条件と交通事情との関係から4つほどに候補がしぼられました。早速、30日に近くの市にある病院でリハビリしてもらえるかどうか診察を受けることになっております。

なお、今回の病院探しであちこち電話していましたら、自宅の近所に評判がよいリハビリテーション病院があることに気づかされました。そのリハビリテーション病院のソーシャルワーカーの方が、お袋の状況をとても気の毒がってくれ、うちの病院に入院しながらリハビリが受けられるか、ドクターに相談してみますと言ってくれました。ありがたいことだと思っております。

一方で、お袋は、なぜ食べさせてくれないのかと文句を言い続けています。あまり苦言が続くものですから、既に6日間、チョコレートのかけらをなめさせています。

「いつもこれだけか」

と言うものですから、27日には、冒険をし、ショートケーキを3分の1食べさせました。28日には、少し増やしショートケーキを2分の1食べさせました。29日にはプリン1個にホットケーキ4分の1をがつがつと食べてしまいましたが、訓練前の今の段階でそれ以上食べさせてはまずいと考えて止めました。

ケイさんが指摘していたように、お袋は1日に必要な栄養摂取を口から取ることができると、今はわたしも確信しています。嚥下訓練の担当者もリハビリの非常勤ドクターも脳外科のドクターも、お袋の脳神経組織がもつ潜在的能力に気づくことができなかったんですね。手術を成功させてくださった優れた技術力をもつドクターに感謝しています。ただ、そのような技術力をもつことと、ぶっ壊れた脳の神経細胞集合体になお備わる潜在力に気づくこととは、同一視されるべきことではないですね。そのことがよく判りました。それら2つは別物と考えなければならないようです。そもそも、出血性の脳梗塞で脳がぼろぼろにぶっ壊れていることを誰よりも判っていると、ぶっ壊れた脳の神経組織が持つ潜在的能力に気づくことを難しくしても仕方がないのかもしれません。

入院中はいろいろとご厄介になりました。本当にありがとうございました。

敬具』

この手紙から判るように、わたしが有料老人ホームにいたときも、息子は嚥下機能のリハビリをしてくれる病院を探すため努力を続けていました。

有料老人ホームに来て、わたしの身体にまとわり付くもので付け加わったものは手を結わく紐です。一方、なくなったものがあります。それが、左足に頻繁に突き刺さっていた点滴の針です。左足を動かすことに関して障害物がなくなりました。そのため、左足の曲げ伸ばしは毎日1時間程度やられ続けました。しかも、点滴の針が刺さっていないのをいいことに、足の前後開脚動作や左右開脚動作をベッド上で痛いほどやられました。左の股関節周りは、既にかたくなり始めていたので、それをやられることがいやでいやでたまらなかったです。

有料老人ホームに連れてこられて最もありがたかったと感じさせられたことは、わたしに食べさせる試みをしてくれたことです。とは言っても、まめ大福を食わせてはくれませんでした。とても残念でたまらなかったことを思い出します。実は、

「痛い！」

とかの単純な言葉は口に出せましたが、入所したとき、ほとんどしゃべれなくなっていました。

「まめ大福、もってこい」

などと言うことができなくなっていたのです。そもそも、大福という言葉を思い出せない状態でした。

わたしの反応を見て、水頭症の症状が現れ始めていることに息子は気づいていたようです。しかし、嚥下機能のリハビリを何とかすることに加えて、しびれた足に現れるあのビリビリする皮膚感覚が身体の至るところに出現していることを何とかすることが、まだ症

状が軽い水頭症に対処するより優先されると考えていたようです。

入所して1ヶ月後の10月19日に、有料老人ホームを出て、自宅に戻りました。手は縛られずに済みましたが、自宅に戻っても、鼻に突っ込まれたゴム・チューブによる鼻腔栄養供給が続けられる段取りになっていました。腹が立つ話です。わたしは、息子が見ていないとき、鼻に突っ込まれたチューブを引き抜いてしまいました。それはすぐに息子に気づかれました。

「鼻チューブを引き抜いて、あした飯どうするんだ。口で飯を食うのか」

と息子から言われました。だから、わたしは、

「そうだ、食えるよ、きっと」

と言ってやりました。複雑なことは言えないけど、その程度のやり取りはできたんです。

2010年も終わりの12月初旬に脱水症状を起こして、点滴による栄養摂取に一時的になりました。幸い、そのときを除いて、家に戻ってから2014年現在まで口から食べ物を摂取し続けています。

骨粗しょう症予防にもなっていた筋トレ

　水頭症との攻防は、くも膜下出血に対する医療処置が施された年である２０１０年当時から２０１４年現在までずっと続いています。これからも続かざるを得ません。理由は、わたしの脳神経組織は脆弱で水頭症の症状を顕在化させやすいからです。ただし、水頭症の症状がよく抑えられていれば、わたしの筋肉は、腹部においても手足においても確かに十分な強さを発揮します。わたしは、アスリートのように、腹筋だけで上半身を簡単に起こせるのです。発揮できるわたしの筋力は、わたしの脳の状態と確かに密接に結びついています。

　水頭症の症状が緩和される中、筋トレの効果が徐々に現れ始めるとき、そのときが到来することになります。それは、少し先のことになりますが、わたしは立ち上がれるだけの筋力を身につけることになるのです。そのとき、わたしにとりいやなことが１つ増えることになります。わたしがトイレに行くときも、玄関先まで移動しなければならないときも、息子の奴は、わたしにカニ歩きをさせ続けることになるのです。

息子の奴がわたしの右足の内側を外に向けて蹴るものだから、わたしは左足を否応なしに右に引き寄せなければならなくなり、蹴られながら、右方向にカニの横歩きをさせられるのです。その逆に、わたしの左足の内側を外に向けて蹴られるときは、右足を否応なしに左に引き寄せなければならなくなり、蹴られながら、わたしは左方向にカニの横歩きをさせられるのです。わたしが、

「やだよ」

と言うと、息子の奴が能書きをたれるのです。

「宇宙ステーションの中で活動している宇宙飛行士は、地球を周回する宇宙ステーションの運動によって作り出されている無重力下にいるため、自分の身体の重さを感じなくなっている。重力が消えて身体への負荷がなくなった状態を多くの人はおもしろがって見ているけど、骨の健康という視点で見ると宇宙飛行士はとても不幸な状態にいるんだ」

なんて言うんです。

それは確かなことです。骨の中で破骨細胞が行う活動、すなわち、骨組織を壊す活動は、骨芽細胞が骨組織を作り出す活動とバランスがとれていなければなりません。一方がより勝っているという状態は、健康な成人の身体中では生じないのです。破骨細胞の活動が勝

つということがないから、骨は、人体の体重をいつでも支えることができるのです。

骨に力がかかる状態が失われるか、または極端にそれが減少するかすると、破骨細胞の活動が骨芽細胞の活動より勝ってしまいます。身体の骨組織は、宇宙飛行士がおかれている状態と同じような状態になるのです。そうすると、骨の健康が維持できなくなります。当然、骨密度は低下し、骨折しやすい状態に陥ります。骨の健康を維持するためには、いやでも、適度に骨組織に負荷がかかるように生活する必要があります。

骨組織において骨の形成に関わっている骨芽細胞は、骨組織の弾性強度維持に重要な役割を果たしている1型コラーゲンの生産の他に、カルシウムなどのミネラル元素との結合に関与しているオステオカルシンやオステオポンチンなどのタンパク質も産生しています。骨芽細胞による骨の形成活動は、アンドロゲンによって低下させられますが、女性ホルモンの1つであるエストロゲンによってそれは活性化させられます。これは、エストロゲンの分泌量が減少せざるを得ない閉経後の女性で、骨粗しょう症の発症率が高くなることを意味します。

一方、骨組織において骨芽細胞が骨を再形成するためには、骨組織を分解し吸収している破骨細胞の活動は不可欠です。破骨細胞が出す酵素は、骨組織を構成するコラーゲンを分解し、骨組織に含まれるカルシウム塩を溶かし、生じた各種の生成物を破骨細胞は吸収しています。破骨細胞は樹枝状の運動性細胞であり、破骨細胞が活動している箇所では骨組織にくぼみができます。しかも、破骨細胞が活発に活動している箇所では、骨は不規則に入り組んだひだ状の形状にさせられてしまいます。そんな破骨細胞の働きは、副甲状腺ホルモンの作用によって活発化させられます。ただし、カルシトニンと呼ばれるホルモンの作用は、破骨細胞の活動の活発化を抑制します。破骨細胞の活動が暴走することがないようになっているのです。カルシトニンは、さらに、新たな破骨細胞の形成さえ抑制しています。

破骨細胞による骨組織の分解と吸収は常に行われています。同時に骨芽細胞の働きによる骨組織の再形成も常に行われています。そのことによって、骨組織は一定の量と一定の形を保つことができるのです。しかし、破骨細胞の活動が、骨芽細胞の働きを異常に上回ったとき、骨組織には小さな穴が開けられ、骨組織はスポンジのようにすかすかな状態にさせられてしまいます。それが、いわゆる骨粗しょう症です。

骨組織の維持のために、骨芽細胞の活動を高めている女性ホルモンの1つであるエストロゲンの作用は重要です。エストロゲンの血中濃度が極端に低下することになれば、破骨細胞の活動が骨芽細胞の働きを上回る事態になります。エストロゲンの血中濃度が極端に低下する更年期以降の女性では、骨粗しょう症が発症しやすくなります。60代女性の３人に１人、70代女性の２人に１人が、骨粗しょう症を発症していると見なされているようです。

これは、いやなことですが、歳のためにエストロゲンの血中濃度が低下することは受け入れざるを得ません。ただし、適度な運動で骨組織に負荷をかけ骨粗しょう症の発症に抵抗することは誰にでもできます。そのことを忘れないようにしたいものです。

運動は、わたしが寝たきり状態だったときでさえ、やらされていました。息子は、例えば、わたしの右足首を、足が垂直になるほど持ち上げて、前後あるいは左右に１日あたり数十回その足を振っていました。また、左足首を持ち上げて、同じことをしていました。手足の曲げ伸ばしに加えて、息子は、わたしにそんな運動を毎日繰り返していたのです。実のところ、わたしは静かに寝ながら大福を食べていたかったのです。しかし、その運動は続けられました。そのことによって、確かに、大腿骨を作る骨も股関節を作る骨も毎日負荷を受けていたことになります。そのおかげで、骨芽細胞による骨の形成能力が、骨の分解と吸収を行う破骨細胞の能力より下回ってしまうという良くない事態が避けられていたと思います。

わたしは、くも膜下出血発症後、13ヶ月間は完全に寝たきりでした。次の6ヶ月間は日中の6時間程度を普通の車いすの上で過ごし、さらに6時間程度はベッドないしは座椅子の上で過ごし、残りはベッドの上でした。それでも、骨密度が極端に低下せずに済んだのです。骨密度の極端な低下を防いだことには、手足を含めて身体を毎日1時間から2時間、息子によって動かされ続けてきたことが原因していると思っています。

骨折の原因を減らすためという理由で、高齢になると身体に負荷がかからないように、配慮が行き届き過ぎてしまう傾向があります。しかし、骨芽細胞の活動を鈍化させ、破骨細胞の活動を優位にさせる事態は避けるべきです。骨組織に適度な負荷をかけ、骨芽細胞の活動が鈍化しないように注意したいものです。筋肉が緊張すれば、確実に骨組織に負荷がかかります。筋肉を緊張させて骨組織に適度な負荷をかけることは、骨粗しょう症の発症を避け、骨の健康を維持することになります。それは、健康状態を改善していくためにも身体能力と生活の質を維持していくためにも必要なことです。ぶっ壊れ脳を抱えたわたしは、そのことを実感しています。

重力からの負荷から解放されて宇宙ステーションの内部で活動している宇宙飛行士の皆

さんの骨にかかる負荷が異常に小さいことを想像すると同時に、必要な負荷を骨組織にかけなければならないときとるべき方法を考えてみてください。体重60キログラムの方の骨組織は、その方が地上にいるとき常にその重さを支えなければなりません。しかし、宇宙ステーションの内部で活動するときには、その負荷がゼロになってしまいます。6ヶ月程度宇宙ステーションに滞在するだけで、骨密度が10パーセントも失われてしまうようです。そのため、食への配慮や投薬で骨密度の低下を防ごうとしています。しかし、十分ではないようです。それゆえ、骨密度の低下を防ぐために、宇宙飛行士の方々は宇宙ステーションの中で適度な筋トレを行っているのです。

行き届いた介護で骨にかかる負荷が低下すると、宇宙飛行士の皆さんが体験されているようなことになり兼ねないです。そのことには気づいている必要があります。骨粗しょう症の発症を抑制するために有効となるような何かを、行き届いた介護の中で失わせていないか、見直してみる必要はあるかもしれません。

幸か不幸か、わたしの場合は、息子の奴が、わたしにいろんなことをやらせてきました。仰向け状態で片足を高く持ち上げられ、前後あるいは左右に振られただけではないんです。わたしの身体は筋力強化運動もやらされてきました。出血性の脳梗塞で脆弱になっている脳神経組織が抱える水頭症発症への高い潜在性に抵抗しながら、わたしの身体は筋トレをやらされてきたのです。

その効果が現れる中、わたしは、ささやかであるけれど、やや危険な冒険をやらかしました。そんなエピソードを含めてお話を続けます。わたしがやらかしたことを知れば、寝たきりだったぶっ壊ればあさんの骨が、どうして丈夫なのか、どのくらい丈夫なのか、お判り頂けると思います。

出血性脳梗塞の発症後から2010年9月20日の退院期日までの間、新しい神経細胞ネットワークの形成をうながす目的と形成されたネットワークを安定化させる目的とで、手足の曲げ伸ばしが続けられていました。さらに、有料老人ホームでの1ヶ月間も、また10月19日に自宅に戻ってからも、それは続けられてきました。

股関節周りの固さを緩和するという目的では、コタツの2本の足をつっかえ棒にして、わたしの足は左右開脚状態にさせられていました。2010年11月から2011年4月ごろまで、デイサービスに行かない日は、その姿勢で1日延べ6時間くらい座椅子に座りテレビを見ていたのです。わたしに身体を動かす筋力がないため、一度とらされた姿勢をわたしは変えることができなかったのです。筋力がなく、痛いともろくに言えなくなっていた当時のわたしは息子にされるままでした。

有料老人ホームから自宅に戻って直後の1ヶ月あまりの間は、バタバタしていました。嚥下機能の回復を助けてくれるリハビリ病院を探すためや身体のどの部分に触れられてもビリビリするという皮膚感覚の不具合に関する原因を特定するために、息子はわたしを連れて右往左往していたのです。その間に、脳圧が高まり、水頭症の症状を一気に悪化させてしまいました。2010年の12月初旬に脱水症状を起こして近くの病院に入院していたときは、とうとう脳圧の高まりが原因で、失語症を発症させてしまいました。そのときになって、息子は水頭症への対応がすべてに対し優先されると思ったようです。脱水症状による入院は約1ヶ月続きました。もちろん、そのときも、毎日、手足の曲げ伸ばしは続けられていました。

退院後、直ちに、その病院で脳外科の先生から紹介状を頂き、翌年2011年の1月末に、県内の大学病院で脳脊髄液の抜き取り検査を行ってもらいました。その検査は、水頭症の症状を悪化させている原因が、わたしの身体に埋め込まれたシャントと呼ばれる医療装具の機能不全にあることを立証しました。シャントの機能不全を解消する処置は、2月に隣の市にある病院でしてもらうことになりました。

シャントの機能不全の原因は、下流側のチューブに詰まりが発生していたことにありました。その詰まりは、造影剤を用いた検査の過程で解消されました。このときの検査で入院していた約2週間は楽でした。手足の曲げ伸ばしは病院スタッフによるものだったからです。なお、詰まりが解消された翌日には、失語症が解消され簡単な言葉を話すことができるようになっていました。

退院後、近所のリハビリ病院で、週1回受けられるようになったリハビリは、わたしの身体能力を第三者の視点から評価してもらえるよい機会となりました。また、息抜きができるよい機会でもありました。何と言っても、きついのは、息子にやらされる毎日の運動です。手足の曲げ伸ばし、そして仰向け状態で片足を高く持ち上げられて足を前後あるいは左右に振られたことは既にお話ししたとおりです。

もちろん、それら以外にもやらされています。シャントの機能を改善してもらった直後の3月時点では筋力低下が著しく、まだ寝返りもできない状態でした。そんなことから、息子はわたしの腹部を持ち上げながら、わたしに、はいつくばった姿勢を数分とらせました。そのとき、わたしは、アミノコラーゲン大さじ1杯とアスリートのためのプロテイン大さじ2杯とを毎日摂取させられ続けていました。そのためもあってか、2ヶ月弱ほどが経つと自力で、はいつくばれるようになり、それ以降、その姿勢を自力だけで1日あたり5分間から10分間毎日続けさせられるようになりました。また、そのころになると、寝返りもできるようになりました。

仰向け状態で、両足首を持ち上げ、膝を顔の上方に近づけていき、窮屈な屈曲姿勢にさせられることも1日に十数回毎日やられ続けました。ときには、片方の足首を持ち上げ、膝を顔の上方に近づけて屈曲姿勢にさせられることもありました。身体が曲がり苦しくても、シャントの機能を改善してもらった直後の3月時点では筋力がなかったため、されるがままでした。しかし、2ヶ月ほどが経過し5月に入ると、筋力がつき始めてきました。そのことに息子も気づきました。身体が曲げられ苦しくなって「痛い」とわたしが言うと、そこで、息子の奴は手を離すようになったんです。

それから少しすると筋肉がさらに発達し、身体が曲げられて苦しくなっているわたしは、息子が手を離すと足を勢いよく跳ね上げるようになっていました。さらに、そんなことをしているうちに、足を跳ね上げた勢いで、わたしは起き上がってしまえるようになりました。寝たきりだったぶっ壊ればあさんが、足を跳ね上げて上半身を起こしてしまえるのです。これには、自分でも驚いてしまいました。

テレビ体操のお姉さん方を真似て、腕を曲げたり伸ばしたりぐるぐる回したりもさせられてきました。腕や肩の筋トレに加えて、顔の筋肉の筋トレさえやらされてきました。5月の連休明けには、いよいよ立位の訓練をやらされるようになりました。息子は、仰向けに寝たわたしの両足を、まず垂直に高く持ち上げます。そして、左右の足の裏に自分の右手と左手をあてがって体重をかけてくるのです。しかも、足の裏のつぼを押しながら体重をかけてくるのです。

最初のころは押しつぶされてしまうだけでした。しかし、毎日続けられているうちに、足を踏ん張って押し返せるようになったんです。それは、足の裏のつぼを押されて痛いことと、押しつぶされ窮屈になることと、両方から、逃れたいがためのことだったのです。

ここまで、かなり順調に筋力強化が進んでいましたが、6月の末になるとにわかに水頭症の兆候が現れ始めました。はって移動する能力が低下し始めたのです。わたしの脳は、脳室の拡がりが顕著でなくても、脳圧が少し上昇すれば水頭症の症状を発症させます。8月上旬には再び失語症に陥りました。8月末に隣の市にある病院で行われた造影剤検査は、シャントを構成する下流側のチューブに詰まりがあることを、今回も、明らかにしました。

シャント機能に再び不具合が発生したため、シャントを最も単純な構造で最も低圧で弁が開くものにその病院で取り替えてもらいました。もちろん、わたしの身体を動かし負荷をかけるという動作は、水頭症の兆候とは関わりなく息子によって続けられていました。シャントの交換後も、息子の奴は、立位訓練を含めて、いつもの運動をわたしにやらせ続けました。その関係で筋肉が付き、筋力はさらに増していきました。10月下旬、バランスを崩さないよう両手を支えてもらえれば、ついに、自力で立位を維持できるまでになったのです。

水頭症の悪化のために中断していたリハビリ病院での週1回のリハビリが、年を越した2012年の1月から、再び受けられるようになりました。その後、リハビリ病院に通いながら、順調に回復していきましたと言いたいのですが、そうはいきませんでした。シャントの機能のおかげで水頭症の症状が緩和されるに従い、自分にはできるという過信が脳の中に芽生えトラブルを幾つも引き起こしたのです。幸い、そのトラブルに対して、わたしの骨組織は十分な強度を保持していました。

骨が受ける最も重い負荷は、言うまでもなく骨折です。実は、夜中に1人でトイレに行こうと立ち上がったときバランスを崩しベッドの柵に手が引っかかったまま転倒することを2度経験しました。最初の転倒のとき左側の指を2回目のとき右側の指をそれぞれ1回骨折してしまいました。
「処置のしようがないですね」
と言いながら、整形外科の先生は指に固定具をつけて包帯を巻いてくれました。少し痛かったけど、指を骨折していたときも、いつものように、茶碗と箸を持って食事をしたり、はいつくばってトイレに向かったりしていました。毎日摂取していたアミノコラーゲンと適度な運動が、骨の回復を助けてくれたのでしょうか、2回ともほぼ2週間後には骨はくっつきました。しかも、特別なリハビリをすることなく、指の機能は回復しました。これは幸いでした。

しかし、そんなことがあったため、治った後、息子はわたしの指に対して指鳴らしをやってきます。痛いからやめてくれと言うわたしの頼みを聞き入れずに、指鳴らしをやるのです。わたしは、毎日やられっぱなしです。いまでも続く足の裏のつぼ押しもわたしにはいやなのに、1つまたいやなことが増えてしまいました。いや、まいっています。

シャントの機能は、確実に、わたしの水頭症の症状を緩和し続けていました。自発的に行動しようとする意欲が生まれてきたのです。2012年4月、日差しが暖かくなったこともあり、わたしは、リハビリ病院でのリハビリを終えて、息子とともに外のベンチに座ってタクシーを待っていました。病院の玄関前にタクシーが到着しました。依頼したタクシーかどうか、到着したタクシーに息子が確認に向かいました。そのとき、座って待ってろと言われたものの、わたしには、その後を追ってついて行けると思えたのです。わたしは立ち上がってタクシーに向かって歩き始めました。しかし、数歩歩いて勢いがついたところで、わたしはアスファルトに向かって顔からスライディングをしてしまいました。おでこには、強烈な擦り傷を作りました。もちろんですが、骨は何の痛手も負いませんでした。

２０１２年６月28日、デイサービスから戻り、息子の帰りを待っているときです。障子が開いたままであることが気になってしょうがありませんでした。閉めてやろうとわたしはミニチェアから立ち上がり、障子に向かって歩き始めました。このとき、わたしの平衡感覚がぶっ壊れたままであることを再び実感しました。２ヶ月前のアスファルトへのスライディングと同じように、障子に向かってスライディングをしてしまったのです。顔から障子に突っ込んだものですから、折れた障子の桟で目の脇をつついてしまいました。そのため、畳が真っ赤になるほどの多量の出血をしてしまいました。もちろんですが、骨には何の問題もありませんでした。

行動へと導く意識を、自発的に生み出せる状態にわたしの脳もなってきました。しかし、わたしの場合、自立して身体を鍛えることはできません。とはいえ、アミノコラーゲンとアスリートのためのプロテインとを毎日摂取しながら身体や手足を動かされているため、筋肉は日々鍛えられています。

マスターズ陸上に参加している高齢者の皆さんは、目標を見据えて自発的に、筋肉も骨も鍛えています。わたしはそのことを知りました。しかも、強い関心を生み出すことができる脳の状態を維持していることも判りました。身体を鍛える方法を自ら工夫しているのです。そのことが、脳自体に対する鍛錬になっていると気づかされました。

マスターズ陸上の会員には、35歳以上の熟練者から１００歳以上の高齢者までの誰でも、しかも競技成績に関係なくなれるとのことです。しかも、生涯にわたり同年代の人々と共に競技を競い合うことができると言うことです。ただし、年代は5歳刻みで区分されているようです。

「高齢」という表現に込められている「常識」にとらわれずに鍛え上げられた高齢者の身体が、優れた運動能力を見せつけていた現場が、２０１３年10月の京都にありました。ゴールドマスターズ世界競技大会です。競技する高齢者の姿は、大会を目撃した人々を驚かせていました。１０３歳になるおじいさんは、94歳のときウサイン・ボルトに憧れて陸上を始め、今は１００歳以上の部門で１００メートルの世界記録保持者です。１０３歳になるそのおじいさんは１００メートルで競える人がいないほどのぶっちぎりのスピード違反者なのです。90歳のおばあさんは、１００メートルで世界記録を打ち立てようとしていた八代のウサイン・ボルトです。そのおばあさんは、10月にそれを達成していました。

肉体が歳と共に衰えることは避けられませんが、歳をとっても筋肉を鍛えながら、生に向かって意欲を生み出すことを許す脳神経組織を構築していくことは可能です。１０３歳と90歳の二人のウサイン・ボルトの生きる姿はそのことを教えてくれています。

わたしはといえば、寝返りもできない寝たきりのぶっ壊ればあさんでした。それでも、筋肉を鍛え直されながら、水頭症の症状が緩和されてくるにつれ、わたしの脳にも意欲が湧き出してきました。

そうなると、本当に、やりたいことがいろいろ脳に生まれ出てくるものです。２０１２年の8月20日、ポータブルトイレからテーブルに戻るとき、わたしは仏壇に線香を上げようと歩みを止めました。そのとたん、例によってバランスを崩し、仰向けに転倒してしまいました。そのとき、後頭部で壁に頭突きを食らわしました。わたしの骨はと言えば、頭蓋骨にも首の骨にも大腿骨にも足の骨にも何の支障もありませんでした。しかし、わたしが加えた頭突きは壁を見事にへこませました。息子の奴によって無理やりやらされてきた骨組織に負荷がかかる運動が、功を奏したように思えます。

息子がやることは、いやなことばかりです。仰向け状態のわたしの足首を高く持ち上げて前後そして左右へと繰り返される開脚動作、足首を低めに上げて繰り返される自転車こぎ動作などは、まだ初期の準備運動でした。立つだけの筋力がついたころになると、既にお話ししましたように、開いた足の内側を外側に向けて足でけとばされながらのカニの横歩きを繰り返しやらされました。そんな負荷をかけられていたせいか、大腿骨も股関節も強度を十分に維持しています。

今では、わたしの首にかけた手で支えられながら、スクワットを数十回やるという、ハイレベルの筋トレをこなしています。支えがなければ、どこへでもスライディングをしてしまうことには変わりはなく、わたしのバランス感覚はぶっ壊れっぱなしです。それでも、歩行器にもたれながら、30分程度の散歩もさせられています。これは、させられているというよりは、散歩に連れ出すように息子にしむけているところがあります。病気をする前は、毎日、雨の日も風の日も散歩していたのです。

伊勢神宮内宮でのぶっ壊ればあさん

２０１３年10月下旬、ＣＴ画像上には、特別注目しなければならないような脳室の拡がりは、認められないと先生方から言われていました。しかし、水頭症の症状が少し顕在化し始めていました。もちろん、息子はそのことを承知していました。

そんな中、11月１日、日帰りで、伊勢神宮にお参りしてきました。山手線ではラッシュアワーのピークにぶつかり、通勤の皆さんに大変なご迷惑をおかけしながら、混んだ車両で東京駅にたどり着きました。８時40分の新幹線で名古屋に向かい、名古屋から10時50分の近鉄の特急に乗り、伊勢市駅に向かいました。伊勢市駅からはタクシーで直接、内宮へ向かい、土産物屋や食べ物屋が立ち並ぶ参道を車いすになる歩行器に座り、内宮の最初の鳥居に向かいました。鳥居をくぐり、橋を渡り少し歩いた後、澄みきった水が流れる河原で手をすすぎ、神殿へと向かいました。木肌が真新しい神殿の厳かさは20年前に感じた印象を再確認するものでした。複雑さを極限まで削ぎ落とした木組みは、屋根から土台に至るまで、洗練された単純さがもつ美を象徴するものであり、その構造と木肌の色合いとが相まって一層高められている厳かさを漂わせています。そのことを今回も確認できました。お参りを終えたとき、帰りの列車時刻まで時間が余っていました。

外宮に立ち寄れる時間が十分にありました。びっくりです。外宮でお参りを済ませ、参道を歩行器を押してタクシー乗り場に向かっているとき、偶然、武蔵野市にお住まいの息子の知り合いにお会いしたんです。その方はくも膜下出血そして脳梗塞を発症して寝たきりだったわたしについて息子から聞いていたようで、わたしが歩行器を押しているのを見てびっくりしていました。バランス感覚はいまだにめちゃめちゃですが、水頭症の症状が十分に緩和されていて、且つ何かにしがみついていれば、わたしは、30分でも、40分でも歩ける筋肉を身につけているんです。あのとき、水頭症の症状の兆しが既にありました。

しかし、遠い伊勢にきて少し興奮ぎみだったせいか、歩けたんです。

新しい神経細胞ネットワークが脳神経組織内に形成されることを自発的に助長させたり、筋肉を自発的に増強させたりすることは、残念なことに、わたしにとっては不可能なことです。

「今日のリハビリ医療では、自発的に動作が行えないと見なされたとき、その時点で抱えている身体的不具合は、後遺症として位置づけられざるを得ないのです」

と、近くの市にあるリハビリ病院で先生から、申しわけなさそうに言い渡されたことを思い出します。確かに、わたしの脳神経組織の構造的ぶっ壊れはどうしようもありません。しかし、ぶっ壊れ脳でも脳の機能は、助けがあれば改善できるのです。新しい神経細胞ネットワークの形成も筋肉の増強も、それによって可能となることを、わたしの身体に起こったことは示しています。

脳神経組織がぶっ壊れると、「自発性」という部分が著しく欠落してしまいます。この欠落している部分を少しでも補う何かがリハビリ医療の中で考慮されるようになれば、寝たきりだった身体を起こして伊勢神宮参りができるようになるはずです。介護ロボットやリハビリ・ロボットを開発している皆さん、機械工学や電子工学の知識を使って筋力増強や神経細胞ネットワークの形成を助けることができる工夫を考えてやってください。望まずして抱え込まされた麻痺を克服して、最終的には自力で行動できる状態に達することができる可能性を高めてやってください。

また、骨への適度な負荷と筋肉への適度な緊張が加えられることは、身体の状態を健康に向けて改善するために大切であることを、わたしは身をもって体験しています。すべてに対して手助け頂けることはありがたいことですが、適度な負荷は、身体の機能維持のために必要です。介護ロボットを開発されている皆さん、介護の皆さん、そしてリハビリ医療に携わっている皆さん、そのあたりのことも少し考慮して頂けるとありがたいです。

水頭症発症を抑制するための取り組み

わたしの脳組織の力学的構造的強度を、わたしの脳に生じた出血性脳梗塞は、脆弱にさせたに違いありません。脳室拡大に関しCT画像上での判別が難しいくらい僅かな脳圧の上昇でさえ、わたしの脳は、水頭症の症状を顕在化させてしまいます。脳圧の小さな上昇に対してさえ、わたしの脳神経組織は、その脆弱さのために、神経細胞ネットワークの機能不全の発生、あるいは神経細胞ネットワークの破壊を許してしまうのです。当然、そのような状態が1ヶ月以上放置されれば、わたしの意志も自発性もわたしの脳から失われます。筋肉に力さえ入れられなくなります。むしろ、力の入れ方が判らなくなります。

有料老人ホームから自宅に戻った直後の2010年10月末から1ヶ月あまりが経過する中で、わたしの身体に埋め込まれたシャントと呼ばれる医療装具は機能不全を発生させていました。そのことは水頭症の症状を悪化させ、わたしを失語症にさせました。そのときの脳室の拡がりは、あると思えばあるがという程度で、判別が難しいものでした。わたしに水頭症を発症させるときの脳圧の高まりはそれほど小さいのです。

水頭症を発症させやすいわたしの脳は、わたしの自立的な回復が自然に継続されることを今でも困難にしています。かといって、医療処置に助けられ受動的に生かされているわけではないです。回復を支える手助けが得られれば、ぶっ壊れ脳でも、新聞を読み、テレビを視聴し、そして感心したことを文字として書き留めておくことができます。また、ぶっ壊れ脳の神経組織にもかかわらず十分な強さの電気信号を筋肉組織に送り込めるため、両手両足の筋肉に力を入れ柱につかまりながら立位をとることができます。

水頭症への医療処置は、わたしが昏睡状態から目覚めて間もなくの2010年の4月16

日に行われました。シャントと呼ばれる医療装具をわたしの身体に埋め込む処置がとられたのです。わたしの場合、脳内に湧き出した脳脊髄液は、皮膚の下に埋め込んだシリコンチューブを通して、脳室から腹部に導かれています。脳の中心部にある脳室内には、カテーテルと呼ばれるシリコン製のチューブが1本挿入されています。脳室内で過剰になった脳脊髄液は、そのカテーテルを通して頭蓋骨の外に導かれ、頭蓋骨を覆う皮膚の下に埋め込まれた最初のチャンバー内に流れ込み、さらに、シリコンチューブを介して隣のチャンバーに流れ込みます。そして2番目のチャンバー内の弁を押し開けて、腹部に向かうシリコンチューブ内に脳脊髄液は流れ出ます。最終的に、脳脊髄液は腹腔に達し、そこで吸収されることになります。

脳脊髄液は脳の中心部分にある脳室内で湧き出し、脳神経組織内を循環し、吸収されているため、誰の脳においても、頭蓋骨内の圧力は一定に保たれています。柔らかな脳神経組織は、その結果として、機能の健全性を維持でき、通常通りに生きることが担保されているのです。

わたしの場合、頭蓋骨の中での出血が原因で脳脊髄液の吸収能力が低下しています。そのため、シャントが十分に機能しないと、脳脊髄液の湧き出しが吸収を上回ってしまいます。そのとき、頭蓋骨内の圧力いわゆる脳圧は上昇せざるを得ず、脳の各神経組織は圧迫されます。その結果、いろいろ困ったことが起こってくるのです。しかも、わたしの脳神経組織は、脳圧の上昇に非常に敏感です。脳室の拡大がはっきりしない段階で、わたしの脳は水頭症の症状を顕在化させてしまいます。このことが、脳断面のＣＴ画像を調べる先生方に難しい判断を強いる原因になっています。

　脳圧の上昇幅が小さく脳室の拡がり方が明確でないにも関わらず、水頭症の症状を顕在化させてしまう脳神経組織に対しても、精度よく検査して欲しいとわたしは願っています。少なくとも、脳室の拡がり方を数量として計測する方法は、技術的な困難なしに実現できるはずです。その方法を可能にする技術は確立できると思います。例えば、脳室の拡がりを体積として数値化するコンピュータ処理は行われてもよいことです。脳断面のＣＴ画像どうしを比較するとき、脳室の断面積が最大となる断層部分どうしを比較して拡がりの変化を読み取ることが行われているようです。この方法では、他の断層部分で生じている拡がりの変化が判断に考慮されません。ＣＴあるいはＭＲＩで得られた脳断面の断層画像をすべて生かして判断できれば、水頭症の画像診断は必ず精度が上がるはずです。そもそも、それを可能にする技術は、１台10億円もするようなスーパーコンピュータを用いなければならないようなものではありません。十数年前のスーパーコンピュータ並の性能を実現している今日のパーソナルコンピュータに搭載されている中央処理装置CPUの動作周波数は、4ギガヘルツ（1秒間につき40億回）のレベルに達しているのです。この性能は正しく認識され、有効に活用されるべきです。

CTにより、一定の間隔をおいて脳断面の画像が得られれば、各断面の画像中で脳室の面積を数値的に評価することができます。その面積をすべての断面に渡って積分すれば、脳室の体積が数値として得られます。その体積を比較するようにすれば、水頭症の画像診断は2013年末現在に比べ少なくとも向上するはずです。

一方、シャントに関しては、50年以上にわたって水頭症治療に使われてきたという長い歴史的実績があるようです。シャントは、シリコン製のチューブ、シャントバルブ（圧・流量弁）、リザーバー（髄液貯留槽）などから構成されています。シャントには、脳脊髄液を腰部から腹腔に排出するものや脳脊髄液を脳室から心房に排出するものがありますが、わたしの体に埋め込まれているシャントは、脳脊髄液を脳室から腹腔に排出するものです。そのシャントの構造は、脳室とバルブとを結ぶシリコンチューブと、バルブと腹腔とを結ぶシリコンチューブからなります。バルブには弁があり、その弁は、脳脊髄液の圧力が一定値に達すると開き、脳脊髄液が脳室の外へ流れ出します。過剰な脳脊髄液は、そのバルブから下流側に流れ出し、頭蓋骨内の圧力上昇が防止されます。

過剰な脳脊髄液が流れ下るシリコンチューブは皮膚の下に埋め込まれています。このシリコンチューブを皮膚の下に埋め込む手術は、特別な事情がない限り、全身麻酔下で行われます。わたしの場合も全身麻酔で行われました。この手術は、50年以上にわたって水頭症治療に適用され、脳神経外科が行う手術としては、難しいものではありません。わたしだけでなく誰でも1時間程度で終了する手術です。今日、日本でのシャント手術件数は、年間約１６０００件に達しているようです。

わたしの体に埋め込まれているシャントのバルブは、増加圧力50ミリから70ミリで弁が開く低圧作動タイプの固定式バルブです。どっぷりとわたしの脳神経組織を浸けている脳脊髄液が、新たに湧き出してくる脳脊髄液のために圧力を増加させ、圧力の増分が50ミリから70ミリに達したとき、脳脊髄液は脳室からシリコンチューブに入り、次にバルブを経由して下流側のシリコンチューブに流れ出し、最終的に腹腔に流れ下るのです。

弁が開く圧力を、特殊な磁石を使って調整できるようにした可変式バルブもあります。このようなバルブは、ＭＲＩ画像診断などで、強い磁場にさらされると設定状態が意図しない状態に変わってしまいます。診断の複雑化を避けることができるのであればそれに越したことはありません。シャントの単純さこそ症状診断を単純にするという考えから、わたしの場合、可変式バルブの装着をやめました。

シリコンチューブの中を腹腔へと流れ下る脳脊髄液の量が、立った姿勢をとったとき、重力の影響で多くなってしまうことがあります。この現象を抑制する目的でサイフォン・コントロール・デバイスという機能をバルブに付けることがあるようです。わたしの場合は、シャント機能の単純さを求め、バルブにそれは付けられていません。

バルブにリザーバーを付けて皮膚の下に埋め込むと、そのリザーバーの部分がプックリとふくれます。わたしの場合は、2つのリザーバーが埋め込まれているため、後頭部にプックリとふくれた2つの小さなこぶがあります。息子は、毎日、朝晩そして寝る前に、そのこぶをペコペコと20回以上押します。実は、それをしないと水頭症の症状が悪化してしまうのです。水頭症の症状が悪化して失語症になったとき、県内の大学病院でリザーバーから注射器で脳脊髄液を15ミリリットルほど抜き取り、症状の改善状況を確認してもらったことさえあります。

シリコンチューブ内での脳脊髄液の流量の低下に象徴されるようなシャント機能の低下

が発生すれば、脳脊髄液の湧き出しのために頭蓋骨内の圧力いわゆる脳圧を上昇させることになります。そもそも、シリコンチューブ内の脳脊髄液の流量は、下流側のシャントの出口が腹腔内のどこに収まっているかに依存して変化するはずです。

もし、シリコンチューブの出口が内臓組織と内臓組織の間に挟まり、しかも出口が塞がった状態になれば、シリコンチューブ内の流量は低下するはずです。この場合、脳圧は上昇させられざるを得ません。ただし、そのようなことによる脳圧の上昇幅は十分小さく、普通の力学的構造強度を、脳神経組織が保持していれば、問題は起こらないはずです。しかしながら、わたしの脳神経組織はとても脆弱になっているに違いないのです。それゆえ、脳圧を上昇させる因子として、わたしの場合は、シリコンチューブの出口が置かれている状況にも、気をつけなければなりません。小さな脳圧の上昇に対し、脳室の拡大を明確にしないまま、水頭症の症状をさまざまな不具合を伴って顕在化させてしまうからです。

水頭症の症状が顕在化してくると、自分の意志に合致した適切な言葉を選べなくなります。当然、しゃべる能力が落ち始めます。しゃべりたくなくなるのです。新聞を読もうとも思わなくなってしまいます。朝食前に入れ歯を入れることを自ら行えなくなります。寝返りができなくなります。むしろ、寝返りの仕方が判らなくなると言った方が正しいかもしれません。自発性など100パーセント喪失します。

さらに、トイレの便座から、ポールにつかまりながら立ち上がれたにも関わらず、立ち上がり方が判らなくなってしまいます。もちろん、椅子から立ち上がるために筋肉をどう動かしたらよいかも判らなくなります。2ヶ月足らずの期間で、立ち上がり方が判らなくなってしまうのです。立ったときの平衡感覚は通常でさえ不完全なのに、さらに不完全になります。

まだあります。デイサービスから帰宅後、毎回、漢字で書いていたデイサービス先の所在地名を書くことができなくなります。すらすら書けた漢字が書けなくなるだけでなく、見ながら書き写すことさえできなくなります。また、今日の曜日を教えられても1分も経たないうちに記憶がいい加減になってしまいます。このことに象徴されるように、短期記憶がぼろぼろになってしまいます。わたしの場合、海馬を構成する神経細胞のネットワークにも出血性の脳梗塞の被害が及んでいるという実態を否定できません。

短期記憶より強固で安定であると言われている長期記憶でさえ、長期記憶に関わる神経細胞ネットワークに損傷があるためか、すぐにいい加減になってしまいます。息子の名前が判らなくなるだけでなく、自分の生年月日も姉妹の名前も、思い出せなくなります。

このような症状が現れたとき、３つの病院でＣＴ画像検査を受けてきました。毎回のことですが、どこの検査においても、検査結果はお医者様方に、

「今回得られたＣＴ画像のデータは、前回の画像データと比較して、脳室の拡がりに著しい変化はないと判断できます。水頭症を疑う必要はないでしょう」

と言わせてしまうに十分なのです。

２０１３年の例で言えば、

「10月中旬の脳のＣＴ画像も11月上旬の脳のＣＴ画像も、８月上旬の脳のＣＴ画像と比較して、脳室の拡がりに関し、注目すべき変化は認められません」

ということでした。ＣＴ画像上には、水頭症を疑う必然性は現れていないわけです。しかし、そのとき、わたしはデイサービス施設の所在地名を漢字で書くことができなくなっていました。８月上旬までは、その所在地名を漢字ですらすら書くことができていました。リザーバー押しは、いつものように、１日あたり十数回ペコペコ、週に3回から4回続けられていました。それにも関わらず、デイサービスから帰宅の都度、書かされているはずの所在地名に関する記憶が、２ヶ月半が経過する間に、しだいに定かでなくなり、とうとう、それを書くことができなくなっていたのです。そのような症状の変化を説明し、ＣＴ

画像を再度調べ直してもらいました。結果は、

「5月時点の脳のCT画像と比較すると、最近の脳のCT画像では脳室に僅かな拡がりが現れているかもしれないが、それで水頭症を発症しているとは断定できないです」

ということになったのです。

このように言い渡されるときでさえ、わたしにとって事態は深刻なのです。テレビの映像に気がとられると、食べ物を口に入れたことを忘れてしまいます。また、いくら眠ってもいくらでも眠り続けられるような状態になります。だから食べ物を口に頬張ったまま居眠りすることさえ、ときにはあります。当然、視線はぼーっとして、目の開きがいつでも不十分になります。

先生の説明によれば、脳脊髄液の圧力は、シャントの構造上から、リザーバーに直接現れることになっています。そのため、リザーバーの固さは、脳圧の高さを表します。そのリザーバーの固さは、身体の姿勢や身体の筋肉の緊張状態に依存して、変化します。息子によれば、支えられながら、わたしが立ち上がろうとして足や身体に力を入れると、そのとき、リザーバーがコリコリに固くなるとのことです。したがって、身体の姿勢や身体の筋肉の緊張状態に依存して脳圧は変化し、脳圧は一定ではないことが判ります。

とは言うものの、油断していると姿勢に関わらず、シャントのリザーバーがコリコリになります。
「水頭症の症状が顕在化するとき、バルブに付いているリザーバーがいつもコリコリに固くなっています」
と息子は先生方によく説明しています。CT画像上からは、脳室の拡大がほとんど確認できなくても、わたしの脳圧は上昇した状態にあるのです。それゆえ、シャントの下流側のチューブの出口が、臓器と臓器との間に挟まって塞がった状態になっていないか注意しなければならないのです。その状態になれば、脳圧は上昇しリザーバーは固くならざるを得ないからです。

２０１３年の8月中旬ごろからリザーバーがコリコリになる頻度が増し10月ごろには水頭症の兆候が見え始めていました。それでも、脳のCT画像は、水頭症を疑う必要はないということだったわけです。ただし、息子は、わたしの症状に水頭症を疑っていました。

そのようなとき、息子が行うようになったことがあります。わたしを仰向けに寝かせて、わたしの足首を持ち上げ、次に膝が顔の上に来るくらいまで足首を頭の上で引き下げ、身体を屈曲させた後、足を元の位置に戻すという一連の動作を何回も行うことです。もし、チューブの出口が臓器と臓器の間のどこかに挟まって、その出口が塞がれた状態になっているならば、その動作をわたしに行うことで、その状態から抜け出せる可能性が高められます。息子はそれを期待しているようです。

息子によれば、その動作の後、リザーバーのコリコリはほとんどの場合でソフトになるようです。多分、その動作は、わたしには必須です。また、シャントのリザーバーのふくらみを毎日朝、晩、そして寝る前にペコペコと20回以上押してもらうことも、シャント機能の低下や脳圧の上昇を防止するためにわたしには必須です。

わたしの場合、低圧作動タイプの固定式バルブからなるシャントが装着されているため、脳外科的処置として、これ以上対処しようがないという事情があります。その関係から、顕在化した水頭症の症状を緩和するために、11月末以降、身体への屈曲動作の頻度が増やされました。リザーバー部をペコペコ押す回数も20回以上と増やされ、さらに押す頻度も1日あたり3回に増やされました。そのようにしてから約2週間経過した時点で、入れ歯を自分で入れるようになっただけでなく、食物を口に入れたまま居眠りすることがなくなり、便座から立ち上がることも、ときどきできるようになりました。記憶の機能はめちゃめちゃのままでしたが、文字を書くことが少しできるようになってきました。さらに、8

月あたりから血圧が低下し高い方が１００をきって90台になり脈拍数も低下し50前後となっていたものが、血圧が元の数値である１２０前後に戻り、脈拍数も元の数値である70前後に戻りました。ただし、この変化が脳圧の緩和による効果かどうかは判っていません。

シャント機能が維持されていれば、筋力維持を図りながら、わたしは生の最後の瞬間まで大福を食う執着を喜びとして持ち続けることができるはずです。ただし、顕在化し始めた症状が放置されると、ほんの１ヶ月程度で一気に悪化します。しかも、脳圧の上昇で、脳神経組織の一部に損傷が残るせいか、今では機能低下したわたしの脳が元に戻るのに時間を要するようになっています。わたしの脳の場合、脳圧の小さな上昇さえ注意深く避ける必要があります。

わたしの脳圧に関しては、水頭症の症状を顕在化させているときと、脳がまともに機能しているときとの間の差は、非常に小さいです。水頭症を発症させているときでさえ、脳室の拡大は顕著でなく、当然、わたしの脳圧は正常値の範囲内にあります。

脳圧が正常値の範囲内にあるにもかかわらず、水頭症を発症させてしまった脳を、不幸にして抱え込んでいる方々が結構おられるようです。しかも、出血性の脳梗塞あるいは他の原因による脳神経組織へのダメージが病歴としてないにもかかわらず、水頭症を発症させているケースがあるようです。ただし、多くのケースで、わたしの脳での場合と異なり、脳室に顕著な拡大が認められるようです。

そのとき、脳室拡大として現れている脳神経組織の圧迫状態は、水頭症に関わる症状として、一般的に、歩行障害、認知障害、尿失禁といった症状を顕在化させるようです。しかも、そのような症状を発症させているケースは、高齢者に無視できない頻度で見いだされるようです。

幸い、水頭症は適切な手術で症状の改善が十分に見込める病気だと先生方は言っています。脳圧が正常値の範囲内であるタイプの水頭症だけでなく、他のタイプの水頭症であっても、改善が十分に見込めるとのことです。単純に「年のせい」と判断されたり、他の疾患と間違われたりすることがないように気をつけなければなりません。少なくとも、どれだけ知識が蓄積されているとしても、判断を誤ればよい結果は得られません。正常圧水頭症は、パーキンソン病、進行性核上性麻痺、頚椎症、腰椎症、アルツハイマー病、ビンスワンガー病、前頭側頭型認知症、レビー小体認知症、脳血管性認知症、多発性脳梗塞などから明確に区別される必要があります。なぜならば、水頭症は適切な診断と治療によって症状を著しく改善することができるからです。

ぶっ壊れ脳のわたしでさえ、水頭症の症状が十分に緩和されていれば、介助が必要なものの、何とか歩けます。もちろん、水頭症の症状が悪化すれば、歩幅は狭くなり、すり足となります。介助があってさえ、Uターンするとき不安定さが増します。また、動き始めるとうまく止まれなくなります。わたしは「歩ける」という思い込みでベンチから立ち上がり数歩進んだところで顔からスライディングしセーフでなくアウトになりました。こんな症状は、パーキンソン病の人の歩き方に似ているのだそうです。少なくともぶっ壊れ脳のわたしは、介助がなければ100パーセント転倒です。

水頭症の悪化は、反応を鈍らせ自発性を低下させ、さまざまな意欲を瓦解させ、ぼーっとしている時間を増加させます。また、水頭症の悪化は、尿失禁へと発展させ、リハビリパンツを欠かせなくさせます。ひどいもの忘れを引き起こすその悪化は、アルツハイマー病とは異なる特徴として、一般的に歩行障害を伴うようです。寝たきり生活へと踏み出さないために、歩行障害の放置は避けたいものです。

手術で水頭症の症状を改善すれば、介助する方々への負担を軽減できるだけでなく、何と言っても自分自身の生に再び喜びを回復できます。シャントを使って、過剰な脳脊髄液を身体の別の場所へ流すように処置すれば、その後、不具合の発生がない限り、シャントは半永久的に適正な量の脳脊髄液を流し続けるようです。もちろん、先行疾患が与えた脳神経組織へのダメージの状態によっては、わたしの脳のように、小さな脳圧上昇に対し脳機能の低下を鋭敏に発生させることがあり得ます。そのときは、注意深いシャント機能のチェックが必要となります。しかし、シャント機能が健全で症状が落ち着けば、安静にしている必要は特別になく、激しいものを除けば運動を制限されることもないようです。

わたしは、自分の生の最後の瞬間まで大福への執着をもって、紡ぎきれるように、水頭症の症状が顕在化する事態に抵抗しています。出血性の脳梗塞で、脳を構成するいろいろな組織内の神経細胞ネットワークが幾つもぶっ壊れてしまいました。しかし、筋肉の伸縮運動を息子に毎日行わせることにより、新しい神経細胞ネットワークを作り、できたネットワークをより安定化させてきました。大福を食うために、最後の瞬間まで、その努力をしようと思います。わたしに大福を食う楽しみを持ち続けさせることを許すことは、わたし自身の生の喜びなのです。トロが食えなくても、ふぐが食えなくても、うなぎが食えなくても、大福が食えれば大満足です。大福が食えなくなるような水頭症の悪化は是が非でも避けなければなりません。そうならないよう、息子の尻を叩いて先生方に見てもらっているのです。シャントの機能が十分に働き、わたしの水頭症の症状が十分に緩和されている間は、筋力を増強するための運動を適度にさせてもらえれば、自ら栄養摂取に心がけながらわたしは生を自発的に紡ぐことができるのです。

壊れた脳における神経細胞ネットワークの受け持ち

有料老人ホームから自宅へ戻った2010年10月末の時点でも、皮膚感覚の不具合、すなわち、わたしの身体のどの部分に触れられてもビリビリする状態は続いていました。また、左足の股を指で押し込まれると強い痛みをわたしは感じていました。当時、息子は、それらの原因を特定することに躍起になっていました。息子は、神経細胞のつながり方の不具合が、皮膚感覚の不具合や痛みの発生原因ではないかと疑っていました。そのため、息子は脳神経組織の機能不全に関わる研究治療を行っている病院にわたしを連れて行き、診察してもらいました。結果は、そうではないことになりました。また、その病院では、PETイメージング技術を用いアルツハイマー型認知症を発症してないかどうかも調べてもらいました。その結果、わたしの脳の認知能力の低下は、そのタイプによるものでないことが判りました。わたしの脳の認知能力の低下は、出血性脳梗塞による脳神経組織のダメージと水頭症とのみに関わっているものでした。

わたしの脳は、脳室拡大の検出が困難なほど小さな脳圧の高まりで水頭症の症状を顕在化させますが、息子は、脳圧の変化とは関わりなく、左足の曲げ伸ばし運動、足の左右開脚運動、および足の前後開脚運動を、毎日1時間程度わたしに対して続けていました。息子は、左足の曲げ伸ばしは、左足の曲げ伸ばしを司るための神経細胞ネットワークを新しく形成させ、形成されたネットワークをより安定化させると確信していました。

そのようなネットワークは単一のものでなく、単位となるネットワークの集合体です。筋肉中の特定の筋繊維の収縮を司ることには、その筋繊維に対して特化した神経細胞ネットワークが単位として関わっていることが判っています。すなわち、筋肉全体を収縮させることには、そのようなネットワークが、複数協力的に活動することになります。

そもそも、神経細胞がネットワークを形成できる背景には、神経細胞の形の特殊性が関わっています。1つ1つの神経細胞は木の枝のように枝分かれして長く伸びる繊維状の部分をそれぞれに持っています。ネットワークは、神経細胞どうしがその繊維状の部分を介して連結することにより、作られています。

脳は、繊維状部分を介して複雑に連結している神経細胞が、約1000億個集まってできている神経細胞集合体と見なされています。そのような脳のどの部分の神経細胞ネットワークが、どのような理由で左足の筋肉の伸び縮みに関わるようになったのか、わたしは関心を持たないわけにいきません。他の部分の神経細胞ネットワークが、その伸び縮みに関われない理由があるのか気になります。

左足の筋肉の伸び縮みに関わっていた神経細胞ネットワークが、脳梗塞でだめになった場合、新しく形成された神経細胞ネットワークがその伸び縮みに関わらなければ、左足は動かないままになります。出血性脳梗塞のために、確かに、わたしは左側の手足を動かせなかったのです。しかし、左手を動かせるようになっただけでなく、左足も今は動かせるようになりました。これは、わたしの脳神経組織の中で、左側の手足を動かすための神経細胞ネットワークが新たに形成されたことを意味します。

約1000億個の神経細胞からなる脳は、左脳と呼ばれる左側の大脳半球と右脳と呼ばれる右側の大脳半球から構成されています。さらに、それぞれ約500億個の神経細胞集合体である右脳と左脳とは、脳梁と呼ばれる神経繊維束によって結ばれています。左足の筋肉の伸び縮みを司る神経細胞のネットワークは、右脳の中にあり、右足の筋肉の伸び縮みを司る神経細胞のネットワークは、左脳の中にあることが判っています。そもそも、脳の活動には右脳に依存する活動と左脳に依存する活動とで異なりがあり、右脳の活動が特徴づけることと左脳の活動が特徴づけることとは区別できています。なお、この事実を最初に突き止めた功績で、アメリカの神経心理学者のスペリー博士は、ノーベル賞を１９８１年に受賞しました。

手足の運動に関してだけでなく、視野の知覚に関しても右脳が司る部分と左脳が司る部分とに分かれています。ただし、眼球の場合、やや複雑です。左の眼球内の網膜は、左脳に映像を送り込む働きをする左側の部分と右脳に映像を送り込む働きをする右側の部分とからなっています。右の眼球内の網膜も、同様に、２つの部分からなっています。このため、視野は、右脳を刺激する領域と左脳を刺激する領域とに二分されているのです。

わたしは昏睡状態から目覚めた後、１年間あまり左側の視野内にいつも黒く見えてしまう部分が現れていました。左視野の知覚を司る神経細胞ネットワークは、右脳の側にあります。出血性脳梗塞により、その神経細胞ネットワークが壊れれば、左側の視野内にいつも黒く見えてしまう部分が現れることになります。事実、わたしの脳のＣＴ画像は、左脳側より右脳側で脳梗塞のダメージがより大きいことを示していました。

左視野内に黒く見える部分があったとき、わたしに見える景色は実に奇妙なものでした。

郵便はがき

料金受取人払郵便

新宿局承認

1247

差出有効期間
平成28年4月
30日まで
(切手不要)

1608791

843

東京都新宿区新宿1－10－1

(株)文芸社

愛読者カード係 行

ふりがな お名前		明治 大正 昭和 平成 年生 歳
ふりがな ご住所	□□□-□□□□	性別 男・女
お電話 番 号	(書籍ご注文の際に必要です)	ご職業
E-mail		
ご購読雑誌(複数可)		ご購読新聞 新聞

最近読んでおもしろかった本や今後、とりあげてほしいテーマをお教えください。

ご自分の研究成果や経験、お考え等を出版してみたいというお気持ちはありますか。

ある　　ない　　内容・テーマ(　　　　　　　　　　　　　　)

現在完成した作品をお持ちですか。

ある　　ない　　ジャンル・原稿量(　　　　　　　　　　　　　　)

書　名			
お買上 書　店	都道 府県　　　　市区 　　　　　　郡	書店名	書店
		ご購入日	年　月　日

本書をどこでお知りになりましたか?
1.書店店頭　2.知人にすすめられて　3.インターネット(サイト名　　　)
4.DMハガキ　5.広告、記事を見て(新聞、雑誌名　　　)

上の質問に関連して、ご購入の決め手となったのは?
1.タイトル　2.著者　3.内容　4.カバーデザイン　5.帯
その他ご自由にお書きください。
(　　　)

本書についてのご意見、ご感想をお聞かせください。
①内容について

②カバー、タイトル、帯について

弊社Webサイトからもご意見、ご感想をお寄せいただけます。

ご協力ありがとうございました。
※お寄せいただいたご意見、ご感想は新聞広告等で匿名にて使わせていただくことがあります。
※お客様の個人情報は、小社からの連絡のみに使用します。社外に提供することは一切ありません。

■書籍のご注文は、お近くの書店または、ブックサービス(0120-29-9625)、セブンネットショッピング(http://www.7netshopping.jp/)にお申し込み下さい。

黒く見えていた部分は1年ほど経過した後、赤い色に変わりました。その変化が起こった後、間もなくして、すべての視野を問題なく知覚できるようになりました。だから新聞も読めるのです。

わたしの脳神経組織のダメージは右脳側で大きいため、絵画を描くような芸術活動を行う能力は著しく低下しているはずです。幸い、わたしは絵画を描くことがなく、困ることはありません。しかし、芸術家の皆さんの脳でそのような脳の壊れ方が生じるときっと困るはずです。図や絵を描く能力は、右脳に役割分担されているからです。わたしが昏睡状態のとき、息子はＣＤのイヤフォンをわたしの両耳に突っ込み、大音量でいろいろな唱歌をわたしに聞かせていました。そのせいか、右脳で脳梗塞のダメージが大きいにも関わらず、唱歌への興味は今でも失われていません。

わたしは、デイサービスから帰ってくると、デイサービス先の所在地名をカレンダー上の該当する日付の下に書かされます。文字を書く能力は、左脳に役割分担されています。したがって、わたしのぶっ壊れ脳でも文字を書くことはできるのです。さらに、左脳は、しゃべることを司っています。その左脳では脳梗塞のダメージが小さいはずですが、しゃべることはどうもうまくないです。シャントの機能が十分に働き水頭症の症状が十分緩和されているときでも、文章となるようなしゃべり方は、完全にはできません。昏睡状態から目覚めた後、しばらくの間しゃべることができませんでした。この事実は、しゃべることを司っている神経細胞ネットワークにも脳梗塞のダメージが、少し及んでいることを意味しているのかもしれないです。そもそも、昏睡状態から目覚めた後しばらくしゃべれなかったため、わたしは右利きで育たず左利きで育った後、右利きに矯正されたのではないかと疑われていた時期がありました。左利きの場合、右脳側でしゃべる活動が司られることになるからです。

分析したり、数式をいじったり、論理を考えたりすることは、ダメージが小さい左脳に司られているので、わたしには幸いしていたと言えるかもしれません。一方、顔の判別のような活動は、音楽や絵画を認識するような活動と同様に、右脳によって司られています。わたしの場合、右脳側で脳梗塞のダメージが大きいのですが、わたしは甥の顔を最終的に思い出すことができました。わたしが昏睡状態のとき、しばしば見舞いに来てくれていた実家の甥が亡くなったとき、なかなか思い出せずに、わたしは甥の顔をじっと見ていました。周りにいた人たちが無理だなと言い始めたとき、わたしは自分の甥だと気づくことができたんです。かなりぶっ壊れているとはいえ、右脳の神経組織が機能をある程度維持しているというのか、あるいは右脳の神経組織が機能発現できるまでに神経細胞ネットワークが形成されたと言った方がよいのか、判りませんが、わたしは以前もっていた右脳の機能を、今でもある程度持っています。

不十分とは言え、ぶっ壊れた脳神経組織の機能の再発現をわたしは認めないわけにいきません。しかも、それは、脳の機能分担への関心をわたしに持たせています。脳の機能分担が、どのような機構で発現しているのか気になるのです。また、その機能分担は絶対的なのか、臨機応変に分担は変更できるのかわたしは興味を持たないわけにいきません。少なくとも、わたしの脳では、出血性脳梗塞でぶっ壊れる前とぶっ壊れた後とでは、異なる神経細胞ネットワークが使われていなければならないからです。

わたしの脳に生じた脳梗塞は、左脳側より右脳側で脳神経組織に大きいダメージがあり、この特徴が、左側に偏った手足の運動機能の喪失をもたらしました。当然、脳の活動が生み出している意識にも、右脳側でダメージが大きいという特徴が影響を及ぼしているはずです。そもそも、脳神経組織の状態から意識が影響を受けないわけがありません。意識は、右脳の活動に由来する部分と左脳の活動に由来する部分とが混じり合って形作られていると見なされるべきです。それゆえ、意識の質は、右脳からの寄与と左脳からの寄与との混ざる割合によって特徴づけられているべきです。右脳側でダメージが大きいわたしの脳の場合、意識の質は左脳の活動に偏って特徴づけられているはずです。この推察から関心をもたされることは、意識の質に品格を伴わせる役割は、右脳と左脳のいずれの活動によって、司られているのかということです。

洞窟の壁面に絵を描く行為に象徴されるように、石器を使い始めた太古の昔から、人類の脳は脳の活動を楽しんでいました。その当時でさえ、脳が物品の所有を楽しむことと、脳が脳自体の活動を楽しむこととには、脳の活動の質に関して、明らかな違いがあったことを認めないわけにいきません。

脳が脳自体の自立的状態を知覚しているとき、自立的な意識を知覚できます。また、ゲーテが指摘するように、脳が脳自体の活動を楽しめる状態にあるときも、自立的な意識を知覚できます。古代から現在に至るまで、脳が脳自体の活動を楽しむことは、芸術に関わる活動によって助けられています。芸術に関わる活動には、意識に品格を伴わせる役割があることを認めないわけにいきません。芸術に関わる活動が、右脳の活動と結びついていることを考慮すれば、意識の質に品格を伴わせる役割は、右脳の活動に依存していることになります。

一方、企業活動や経済的活動では、分析したり数値をいじったりすることが重要になります。そのことに注目すれば、それらの活動は左脳の活動によって、特徴づけられることになります。企業活動や経済的活動は、社会を駆動する重要な役割を果たし、左脳の活動の重要性を認めないわけにいきません。しかし、それらの活動は、品格の喪失を助長するリスクを抱えています。倫理、環境、社会などを脅かし問題化する事態がしばしばニュースで取り上げられます。しかし、左脳の活動に偏り過ぎないように、右脳の活動を上手に活性化できれば、そのリスクは低く抑えられるはずです。右脳の活動が貧弱になるような事態を避け、世の中に品格は維持され続けて欲しいものです。

右脳側に大きなダメージを抱えるわたしの脳が生み出す意識は、品格からは遠いところにあります。ただし、水頭症の症状が顕在化し始めると、そのような意識さえ抑制されます。そのときには、漢字を見ながらそれを書き写すことさえできなくなります。短期記憶に関わる能力が失われてしまいます。短期記憶能力は、右脳と左脳それぞれの下部に位置する海馬と呼ばれる一対の神経組織により司られています。わたしの海馬は、出血性の脳梗塞によってかなりぶっ壊れているようです。

脳脊髄液の湧き出しに起因する脳圧の小さな上昇が、脳室に注目されるような拡がりをもたらすことなく、水頭症の症状を出現させることになるため、わたしの場合はシャントのシリコンチューブの出口が臓器と臓器との間に挟まれ、塞がったままでいやしないか、注意していなければなりません。油断していると数週間のうちに水頭症が進行し、短期記憶だけでなく長期記憶もずたずたになります。息子の名前も姉妹の名前も自分の生年月日も思い出せなくなります。大脳皮質を巻き込んだ長期記憶のための神経細胞ネットワークにも、かなりダメージが及んでいるものと思われます。

そんな長期記憶を司るぶっ壊れ神経細胞ネットワークでさえ、わたしに般若心経を思い出させ、仏壇の前でそれを唱えることを可能にしました。般若心経を唱えるということは、般若心経をおぼえているだけでは、もちろんだめです。それを声に出すためには、声帯を振動させる筋肉を活動させなければなりません。般若心経の記憶、そして声帯を振動させる筋肉動作、それらが一体となって機能するとき、それを唱えることができるんです。記憶を声に出す活動には、長期記憶を司る神経細胞ネットワークや筋肉動作を司る神経細胞ネットワークを巻き込んだ複数の神経細胞ネットワークが関わらざるをえません。

そのような神経細胞の各ネットワークの中で、1つの神経細胞は、それぞれの周囲に存在する1000個程度の神経細胞から電気信号を受け取っていると推定されています。しかも、信号は、遠くに位置する神経細胞から届くものに比べ、近くに位置する神経細胞から届くものの方が、構造上、受け取りやすくなっています。近くに位置する神経細胞どうしの間ほど、遠く離れて位置する細胞どうしの間より、より密な神経繊維の連結が見いだされるからです。

この事実は、脳の中に形成された神経細胞のネットワークの中で、神経細胞が、信号のやり取りをただ行っているだけでなく、神経繊維を成長させることも行っていることを示しています。事実、神経細胞は、細胞内で神経繊維を成長させる原因物質となるタンパク質分子、いわゆるニューロン成長因子を合成し拡散させることにより、神経繊維の成長を誘導し、新しい連結形成を行っています。ある神経細胞から他の神経細胞へと繊維状構造部を成長させ、神経細胞どうしは新たな連結を形成させているのです。

脳梗塞により神経細胞が死に、手足を動かす神経細胞のネットワークが機能しなくなっても、伸び縮みさせられている筋肉部分から発せられた信号が脳神経組織を構成する生きた神経細胞に届けば、それが刺激となり神経繊維を成長させるタンパク質分子が合成され、神経繊維の成長が誘導され、手足の動きを司る新しい神経細胞のネットワークが、形成される可能性はあるのです。

神経細胞がもつ能力は、筋肉の伸び縮みから発生する信号だけでなく、目、耳、鼻、舌、および皮膚で発生した信号を受けて神経細胞自体を変化させることもしています。だから、新しい神経細胞ネットワークが形成されて、わたしの皮膚感覚の不具合も、左視野内の視覚欠損も改善されたのです。神経細胞は神経繊維を成長させネットワークを新たに形成する能力をもつのです。神経細胞がもつその能力が、日本経済新聞（２０１４年5月29日）に紹介されたようなニューロリハビリテーションを可能にしているのです。

神経細胞がもつ能力は、中枢神経組織を構成する神経細胞ネットワークの構造と機能を改善していく道を用意してくれていたのです。中枢神経は身体の独裁者ではなく、中枢神経に伝播してくる信号を受けて最適化に向け変化していけるのです。中枢神経組織と筋肉組織との間での信号のやり取りに依存して、あるいは感覚器官から中枢神経組織に届く信号に依存して、神経細胞ネットワークは最適化され続けることができるのです。

既にできあがっている神経細胞どうしの連結では対処できないことは幾らでもありえます。このことを思い知らされるでき事に出くわす頻度が年々増している気がします。それは、思い込みを守ることに最善があるのか、見直すことに最善があるのか考えないままにしているわたしたちの脳自体に問題を投げかけています。

「想定外」という言葉が、専門家に気づけないことは誰にも気づけないという意味で用いられているところがあります。これは否定されることではありませんが、「想定外」によって、思考停止だった状態を正当化できることは残念なことです。わたしは、それができることを羨ましいとは思っていません。思考停止では、神経細胞どうしの間に新たな連結が付け加わる機会はないからです。ぶっ壊れたわたしの脳では、新しい連結形成がいつも必要なのです。

世の中には、記憶していることを記憶しているとおりに行い続けることが求められることがあります。そのとき、脳の中に既に組み込んだ考えや判断に変更があってはなりません。当然、神経細胞どうしの連結を変化させるようなことは許されません。

そもそも、いつもどおりでよい脳神経組織の活動には、形成された神経細胞の連結を大きく変更させる必然性がありません。しかも、いつもの活動に対し、いつもどおりの快適さや見返りが得られるのであれば、脳神経組織はそれを続けようとします。そのとき、神経細胞の連結状態に大きな変更は生じません。

一方、技術の使用がもたらしている世の中の変化や環境の変化は、倫理観に十分な深化を許すだけの時間を与えず、加速度的にスピードを上げて、進行しています。その変化の加速度化が脳の活動のみに依存しているとは言い切れないとしても、便利さ、快適さ、そして利得を求める脳の活動が大きく関わっていることを否定できません。既成の考え方や判断を可能にしている神経細胞どうしの連結は、わたしの脳のようにリハビリを受け、世の中の変化や環境の変化に適合できるよう、連結状態を変化させていかなければならないはずです。しかし、神経細胞どうしの既存の連結を変えることがどんなに合理的でありどんなに必然的であったとしても、それを変えないことにどんなに矛盾や不具合があったとしても、脳の中の既存の連結によって司られる考えや判断に変更が求められる局面では、脳は強烈な不快感を自分自身に与えてきます。それでも、「想定外」と言わざるを得ない不具合の発生を少しでも避けるためには、脳の神経細胞に新しい連結を作り出す努力を停止させないことです。

神経細胞どうしの新たな連結を脳内に作り出すためとはいえ、手や足を無理やり毎日何百回と曲げ伸ばしされることは、本当にいやなものです。神経細胞どうしの連結が日々衰退していくとしても、静かにしておいて欲しいと思うことはあります。しかし、息子は、「脳の神経組織に新しい連結を作り出し、脳を活性化させるために必要だ」と言いながら、毎日何百回も、手足の曲げ伸ばしやねじり運動、そして前後の開閉脚運動や左右の開閉脚運動をやらせてきました。結果として、ぶっ壊れ脳の中に神経細胞の新しいネットワークが形成され、それは安定した構造を持ったんです。おかげで、わたしは伊勢神宮にお参りできました。ニューロン成長因子と神経繊維の成長とは、ＤＮＡが用意した先天的宿命としてではなく、状況に応じて求められる能力を後天的に獲得できるようにしてくれていたのです。

わたしのぶっ壊れ脳ではできませんが、誰も気づけないことに気づいていくためには、脳神経組織内の神経細胞どうし間に新しい連結が必要です。既存の神経細胞ネットワークの構成では、同じアイデアしか出力されません。気づきを拡大させるためには、蓄積された記憶が生み出す認識を頼りにするとしても、その認識に批判的に向き合いながら想像を発展させる必要があります。このときの脳の活動は、気づきの拡大に必要な新しい神経細胞ネットワークの形成を助けるはずです。

しかし、日常の経験の中で無意識的に作り上げられている「思い込み」を司る神経細胞ネットワークは、気づきの拡大を図ろうとする脳の活動に対し必ず抵抗活動を行います。その抵抗から自由になる方法こそ、神経細胞ネットワークが生み出しているものを批判的に且つ客観的に鳥瞰し、そのときの脳の状態に気づくことです。それは、災害や過剰すぎる何かから文明を守ることにさえ貢献してくれると考えます。

そもそも、気づきを拡大させることは、気づけていない何か、例えば、存在、状態、考え方などに対し、どうすれば認識の領域にそれらを引きずり出せるのか問うことに始まります。それを問うことは、記憶の量や質を問うことより遥かに重要です。そのことを、フランスの詩人、ポール・ヴァレリーは指摘しています。気づきを拡大させることは、認識という脳の状態を改善していくために取るべき有効な道です。わたしにとって、気づきを拡大させる活動は日々のリハビリそのものです。

脳が作り上げた無意識の了解という状態そのものに対し、気づく努力を脳自体がいつもしていれば、気づきを拡大させる機会は必ず訪れます。気づきの拡大に成功したとき、先人たちが残してくれた知識を超えて進む道の上で活動している脳に気づけるはずです。しかも、さまざまな困難に対処していく道を切り開くことに、その活動は貢献するはずです。

脳全体を覆う大脳皮質と呼ばれる組織を構成する神経細胞、脳の内側の深い領域に位置する基底核と呼ばれる組織を構成する神経細胞、そして脳の真ん中に位置する視床と呼ばれる組織を構成する神経細胞、それらは、互いに連結して、思考活動に重要な役割を果たす幾つもの神経細胞ネットワークを形成しているようです。しかも、そのような神経細胞ネットワークに相当するどのネットワーク内にも価値判断が付加された記憶が保存されているようです。そのような神経細胞ネットワークを幾つも同時に活動させることをリハビリで達成し、倫理的に品格ある価値判断を許す神経細胞ネットワークを発達させ活動させることができれば、わたしたちは多くの不具合を事前に回避できることになるでしょう。

自分自身の脳を構成する神経細胞どうしが連結してできている各種ネットワークにおいて、どのネットワークをどのように使っているのか、不幸にもわたしたちは自覚することができません。ニーチェという哲学者は『道徳の系譜』の冒頭で、「われわれはわれわれに知られていない。われわれ認識者が、すなわち、われわれ自身がわれわれ自身に知られていない（岩波文庫、木場深定訳）」と言及しています。とは言うものの、物事に対し最良とは何かを考え続けるという特別な活動状態を、脳神経組織内に実現することにより、行動と意識の質を高めること、そして、未知の何かに気づいていくこと、それらのどれにも人類は成功してきました。

工芸や芸術の活動は、意識の質を高めることに貢献しています。人類は、視覚情報や聴覚情報に積極的な意味を付加しようとする営みを、工芸や芸術の活動として、行い続けてきました。視覚情報や聴覚情報は、電気信号として脳神経組織に送り込まれます。その信号は、海馬の先端に隣接して位置する扁桃体と呼ばれる組織、いわゆる神経細胞が集まってできた小さな集合体に送り込まれます。その扁桃体は、入って来た信号に対し、興味や好奇心、危険や恐怖心、驚きや脅威、心地よさや安心などの価値判断を付して、情報処理する神経細胞ネットワークに信号を送り出しています。

そもそも、1つの神経細胞すなわち上流側から次の神経細胞すなわち下流側へ信号が進むためには、信号は連結部分を越えなければなりません。その連結部分では、上流側の神経細胞から下流側の神経細胞に向かって、神経伝達物質と呼ばれる化学物質が放出されます。その化学物質が下流側の神経細胞に届くことによって、信号が下流側の神経細胞に伝わっていくことができます。

そのような化学物質として、ドーパミン、グルタミン酸、ノルアドレナリン、セロトニン、など多数が突き止められています。それらの化学物質の仲立ちによって、信号は、上流側の神経細胞から下流側の神経細胞に伝播できるのです。しかも、仲立ちをする化学物質の違い、あるいはそのような化学物質の量の違いが、心理的な状態の発現に違いをもたらします。

扁桃体そして基底核に属する腹側被蓋野や黒質には、神経伝達物質が多量に保持されています。その神経伝達物質の放出は、多すぎても、または少なすぎても、望ましい心理状態から脳の状態を逸脱させてしまいます。神経伝達物質の放出量の最適化を助ける活動は大切です。

芸術活動あるいは芸術に親しむ活動は、それを助ける活動の1つに違いありません。絵画、彫刻、そして音楽といった芸術は、視覚や聴覚を介して扁桃体を直接刺激できます。聴覚器官や視覚器官から入ってくる信号に刺激された扁桃体は、好みの色を付けた信号を神経細胞ネットワークに送り込み、脳を活性化させます。それゆえ、人は、扁桃体から出力される信号が、ポジティブに脳神経組織を活性化させるよう芸術活動を無意識的にしていたと言えます。

芸術活動は、イメージを具体化する活動の1つです。それは、人の脳にイメージが生まれることを助ける役割を果たしています。脳に生まれるイメージの中には夢としてカテゴライズされるものもあります。そのような夢の中には人を行動へと導く勇気を与えるものがあります。人種どうしを引き裂く壁、それを「無」にしようと努力したキング牧師も言っていました。もちろん、脳がぶっ壊れほとんど7ヶ月間病院のベッド上で過ごしていた2010年当時のわたしにも、夢はありました。

第二章　脳が作り出すイメージを超えて

「空」との出会い

わたしが病院のベッドから自宅に戻れたとき、しようと思っていたことは、仏壇に向かって般若心経を唱えることでした。しかし、自宅に戻った２０１０年10月末当時から長いこと、わたしは立ち上がることも、寝返りもできない、寝たきり状態が続いていたわけです。わたしの脳の状態も筋肉の状態もリハビリに自発的に取り組める状態ではありませんでした。しかし、幸いにも、わたしの生がつきる前に、弱々しい筋力でしたが、支えられながら両足で立ち上がれるときは来ました。毎日の手足の曲げ伸ばしは、新たに形成された神経細胞のネットワークに十分な安定構造をもたらし、筋トレは筋肉を増強させたのです。

２０１２年5月、自宅に戻ってから1年と7ヶ月以上が経ってのことです。息子に介助させ、わたしを仏壇の前まで連れて行かせました。ろうそくに火を付けさせ、取った線香に火を付けて仏壇にあげました。そして両手を合わせ、般若心経を唱え始めたのです。

観自在菩薩行深般若波羅蜜多時

（省略）
色不異空　空不異色
色即是空　空即是色
受想行識　亦復如是
（省略）

わたしは、確かに般若心経を暗唱していました。ただし、脳がぶっ壊れる前までは、般若心経における重要な考え方の1つである「空」を介して、世の中のでき事を考える習慣はありませんでした。水頭症は、わたしの脳の状態を、症状の悪化のたびにリセットします。脳がぶっ壊れて以来、そのことをたびたび体験してきました。わたしの脳の中で起こる現象としての「空」を実感しないわけにいきません。その関係で、テレビで見聞きしたことや新聞で読んだことを「空」の考え方に重ね合わせ、考え始めたのです。しかも、新聞をテーブルの上に置きテレビを前にして過ごす時間も、考える時間も、わたしにはたくさんあります。デイサービスに出かけない日は、まさに新聞とテレビで一日を過ごします。

脳が作るイメージ

脳神経組織の状態に依存して脳の都合が生まれ、その都合しだいで直面した実体から、脳はイメージをポジティブにもネガティブにも作り上げます。「恐れ」にしても「悲しみ」にしても「不満」にしても「喜び」にしても脳が作り出すイメージです。それらは脳神経組織の状態に依存して、直面した実体から脳が作り出すものです。

そもそも、ある実体すなわち「色」を認識したと思ったときの脳の状態は、脳の中に実体が存在することではなく、実体から作ったイメージが脳の中にあるだけです。このとき、認識したと思っている実体すなわち「色」というものは、脳が作り上げたイメージに過ぎません。認識という形態で脳が捉えたもの、それは「空」にカテゴライズされてしまうことになります。この状況はまさに「色即是空」によって象徴されていることです。

脳に判断を決定させ、活動を起こさせるときの要因、それは、実体ではありません。その要因は、脳が作り上げるイメージに依存せざるを得ないものです。それゆえ、脳が下した判断は必ずしも実体に直結しているわけではありません。脳が作り上げるイメージは実

上下の白帯のうち長い方は？

体ではないのです。それは、脳神経組織の状態に依存せざるを得ないものです。

フランスの哲学者ベルグソンは『創造的進化（松浪信三郎、高橋允昭訳：世界の大思想、河出書房）』の中で、「空虚という考えかたは、意識が自己自身に遅れて、すでに別の状態が現前しているのに、もとの状態の思い出に執着しているときに、生じてくる」と指摘しています。

脳が作り上げているイメージと実体との間に十分な類似性がある場合はあります。もちろん、そうでない場合もあります。脳が作り上げているイメージと実体との間に大きな食い違いがあるとき、そのことを無視したために、自然現象への向き合い方の問題として、あるいは社会意識の問題や社会の維持の仕方の問題として、とんでもない災いが、わたしたちに襲いかかってくることがあります。最近、そのようなことをちょくちょく経験します。「想定外」と呼ばれるでき事はそれらの問題の内の1つにすぎません。それらに出くわす背景の1つには、「空」にカテゴライズされている何かに気づこうとする試みを、何らかの理由で避けようとする脳の働きがあることを否定できません。

最近よく発生するようになった異常気象の原因として、地球温暖化が新聞やテレビで指摘されるようになっています。これに対し、「一部の科学者が勝手にでっち上げた非現実のイメージにすぎない」と酷評する方々が決して少なくないことを知っています。酷評しなければならない方々がもつイメージも、実は、何かを優先しようとする願望を生じさせる脳の状態に依存して、脳が作り上げているイメージであることを否定できません。

ただし、二酸化炭素分子が、赤外線を吸収し、その後に、赤外線を放出する現象は、脳が作り上げているイメージではありません。大気中の二酸化炭素分子は、地表面から放出されている赤外線の一部を吸収し、その後、二酸化炭素分子は特有の赤外線を宇宙空間に向けても地上に向けても放出します。地上に戻されることなく、すべての赤外線が宇宙空間に向かって出て行ってしまえば問題は起こりません。しかし、一部が必ず地上に戻されます。この現象は、人類の脳が、脳の状態が求める都合に合わせて、作り上げたイメージではありません。それは自然現象そのものです。二酸化炭素の濃度が大気中で上昇すればするほど、地表面から放たれた赤外線のうち地表面に戻される赤外線の量は増えることになるのです。

筋肉が生み出せる筋力と脳神経組織の状態とに関するわたしの理解は、いつも正しくはありませんでした。「わたしは立てる」と思って、バランスを崩し、スライディングや頭突きを何度もしました。ぶっ壊れたわたしの脳が「できる」とイメージしたこととわたしの脳神経組織と筋肉組織とによって達成される平衡維持に関する能力との間に食い違いがあるんです。また、わたしの脳のぶっ壊れ方をCT画像やMRI画像で熟知している医療の専門家の皆さんが、わたしの身体に対して作り上げるイメージも例外ではないはずです。そのイメージと遷宮間もない伊勢神宮の天照大神の神殿（正宮）の前で支えられながらも拝礼しているわたしの姿との間には、少なくとも食い違いがあるはずです。冒険家の三浦さんは、80歳でエベレストに登頂できることを示しました。誰も行っていなかったような行為に対し、わたしたちの脳が作り上げてきたイメージと三浦さんが達成したこととの間にも食い違いがありました。世界一である技術に対し抱くイメージとどんな特別な条件下でも不具合を完璧に克服する技術であることとの間にも食い違いがあります。

わたしの脳が、「わたしは立てる」というイメージを作っていたように、脳が作り上げるイメージが、実体からかけ離れていることは珍しくありません。脳が作り上げるイメージは、実は、あり得ないという事態になりやすいのです。しかし、人と人との関係も、人類が築き上げてきた文明の行く末も、脳にどのようなイメージを作らせるかに大きく依存せざるを得ません。恐竜が生きた一億数千万年の歴史に比べれば、人類には1000分の1のたかだか15万年程度の歴史しかなく、この事実に愕然とさせられます。文明を長続きさせるためにも、多様性を許容する精神の豊かさを実現するためにも、脳にどのようなイメージを作らせるかには真剣に向き合わなければなりません。

「空」を「空」に留めない

人類の歴史を経て蓄積された知識の枠や脳に蓄積された知識の枠の外側にある何かは、確かに「空」にカテゴライズされるものです。それらの枠の外側にある何かに気づこうとする活動、あるいは、それらを具体化しようとする活動は、まさに創造活動です。創造活動は、人類の歴史を経て蓄積された知識の枠や脳に蓄積された知識の枠を超えて突き進んで行こうとする活動です。

わたしのぶっ壊れ脳には創造的活動は不可能です。とは言うものの、左手左足の動かし方がまったく判らなかった脳の状態から、それらを動かすために必要な新しい神経細胞ネットワークをわたしの脳神経細胞は作り上げてくれました。わたしの脳神経細胞はそれ自体として創造的活動をしてくれたと言えます。

一方、自発的活動としての本来の創造的活動を導く神経細胞ネットワークの形成活動を、脳神経組織内に自由に発現させることができるのかはとても気になります。その形成活動を積極的に発現させる方法があるのであれば、歴史に現れたような大天才を何人でも育成できます。残念ですが、そのような方法を見いだすことは否定的です。

ただし、それが否定的であるとしても、その形成活動を許す脳神経組織の発達を妨げるような状況は可能な限り取り除かれるべきです。そのことに教育は貢献すべきであり、それは可能に思えます。自分の脳の中身も含めて当然と思っていることすべてに対し、常に批判的視線を向け考え直してみる心がけは、誰にでも習得できることだからです。その心がけは、脳が作るイメージを遥かに超えて位置する実体に迫っていく可能性を高めます。

不老不死の薬や若返りのための薬の獲得を夢見る例は歴史の中に見いだされます。その夢を実現させる魔法の薬を作り出そうとする活動が、化学を発達させる要因の1つになっていました。蓄積された知識が脳に描かせているイメージにしたがって、今では、現実にできることと魔法とを区別できる脳の状態を人は獲得しています。そのようなイメージに基づいて、身体を構成する体細胞が受精卵の状態にまで若返る現象は、明確に否定されるべき現象として脳は判断することになります。学んだ知識が脳に勧める認識いわゆる常識は、そのような現象の存在を否定します。体細胞が受精卵状態の細胞にまで若返る現象は、常識的判断に基づき「空」と見なされるべき現象なのです。学んだ知識に基づき脳が育てた常識と気づくべき実態との間に大きな隔たりが存在するとき、脳は常識を選び実態を拒絶するものです。しかし、紫外線で核を壊したカエルの卵細胞の中に、カエルの体細胞中の核を挿入するとその核は分裂を開始し、カエルにまで確かに成長するのです。しかも、そのように体細胞が初期化される現象は、魔法や奇跡、ではなく、誰でも再現できる現象だったのです。

その事実は、脳に、「体細胞の初期化は何によって引き起こされたのか」という問いをもたらしました。この問いを脳が発した瞬間こそ、脳が育んでいた常識を超えて、特殊な現象の実態を脳が受け入れた瞬間にあたります。しかも、そのような問いが直感させた未知の因子の介在を突き止める努力は、体細胞への４つの遺伝子の導入が、その体細胞の初期化を可能にするという事実を明らかにしました。この事実は、既に皆が知るところとなっています。かくして、ガードン博士の業績と山中博士の業績とにノーベル賞が贈られました。言うまでもなく、体細胞が受精卵状態の細胞まで若返るという現象は、違和感なく今日の人々の脳に受け入れられることとなっています。

希有な現象を否定することとは逆に、脳は、あたりまえのことを、あたりまえとして了解したまま、放置しようとしたがります。そのとき、あたりまえのことが抱える本質は「空」に留まります。ものに重さがあることに関して、それをあたりまえとして、無意識に了解したまま放置すれば、重さの本質が具体化されることはないのです。しかし、何が原因して物質は重さをもたされているのか脳に問えば、その問いは「空」に留まる本質に近づくための出発点を与えます。そのような問いに答える努力は、理解に深さをもたらします。事実、体細胞を初期化させる何かとか、物質に重さをもたせる何かとか、などのように「空」に留まっていたそれらを見抜こうとする活動は、世界に関して、より深い理解へとわたしたちの脳を導いてくれています。それは、足下への願望に偏った狭い関心から、脳が解放されることを許します。より深い理解は、わたしたちの脳の活動に自由を与えます。より深い理解がもつ魅力は、「空」に留まる何かに注意を向けることができる脳の状態へと脳を目覚めさせます。

図書館に蓄積されている知識を理解した後に、その知識を超えて「空」に留まる何かにたどり着こうとするのであれば、知識を理解した脳の状態に、脳は批判的に向き合わなければなりません。そのような活動を許す神経細胞のネットワーク形成を可能にしたいと望むべき状況に追い込まれているのであれば、カントが指摘した姿勢を思い出し、脳に刻まれた価値観や知識、そして脳に備わる判断能力に批判的な光をあて、より多くのことを矛盾なく包括できるものは何か、あるいは調和できるのは何か、を考え続けなければなりません。

しかし、脳はそのような活動を行うことに抵抗する活動を始めるものです。脳に既に刻まれた価値観や知識を脳は守ろうとしたがります。だからこそ、アインシュタインが気づくことができた物理学上の重要な考え方やモーツァルトが生み出した数々の名曲に人は驚きをもたざるを得ないのです。

アインシュタインの脳やモーツァルトの脳のような活動を可能にする神経細胞ネットワークを、人は何かの作用を介して幾らでも脳の中に構築できるのでしょうか。これには否定的にならざるを得ません。知識は創造活動を確かに助けます。しかし、知識を記憶する活動が、創造活動を可能にする神経細胞ネットワークを作り上げているとは言えない現実に気づかされます。それゆえ、わたしたちにできることは限られています。創造活動を許す神経細胞ネットワークの形成が活性化され、且つそのネットワークが活動するように、妨げとなる因子を取り除くことに努めることが、それにあたります。

常識を理解した脳の状態が生み出す価値は、否定されるべきではありません。それはそれで重要です。ただし、常識に支配されるだけの硬直化した脳の状態から抜け出し、脳をフレキシブルに活動させることができれば、「空」にカテゴライズされていた何かに気づく機会は訪れます。数年どころか数ヶ月で物事が変化する今日、「空」に留まる何かに気づこうとする試みは、社会が抱える潜在的な問題に対し、直面する前に事態の改善を助けるはずです。

教育に託されること

経済的利得を重視しようとする欲求の高まりは、経済的利得の獲得という活動が文化的活動の一領域を形作りつつあることを否定できません。経済的利得の獲得が、文明を維持するための1つの手段であることを否定する人はいないと思います。しかし、文化的活動の一領域として、マネーゲームや金融商品取引を位置づけることには、たとえ、それらが高等数学とコンピュータ技術とに依存した活動であるとは言え、抵抗感が伴うかもしれません。

しかし、食うことが、文化であることを否定する人はいないと思います。食うことには、精神性に関わる豊かな表現形態を見ることができます。北から南まで多様な風土と文化が育んできた「食」が、2013年に世界文化遺産に登録されたことには誇らしさを感じます。

かつて、寿司は、江戸の食であった時期がありました。それは、江戸庶民の心意気を象徴する1つの文化でした。精神性の表現形態の一部という見地からは、「いなせ」や「いき」は見直されてよい文化かもしれません。言うまでもなく、浮世絵は世界の人々が関心を寄せる江戸の文化であり、見直されるまでもありません。

一方、世界の数学者が認める天才的数学者が、江戸の文化によって育まれていた事実は、見直されるべきです。建部賢弘の師匠、関孝和は、数学をゲームとして楽しんでいた江戸の文化によって育まれた天才です。しかも、21世紀の今日、孝和は世界の数学者たちが認める数学の天才です。教育が天才を作れるかは疑問ですが、孝和の知恵は建部に引き継がれ、教育は天才の知恵が失われることを防ぎ、徳川吉宗を介して人々に受け渡されていました。

西洋の情報を積極的に聴取し江戸城内で自ら天体観測を行うほどサイエンスに強い関心を持っていた将軍、吉宗公は、建部賢弘らの提言を受け入れ鎖国下において西洋の文献の入手を認めていたのです。西洋の最先端の科学の知識が流入してくることを許す品格を吉宗公が持っていたということを認めるだけでなく、その許可を引き出すことへの貢献に関して、未知の知識が持つ潜在的価値に気づく能力を建部らが獲得していた事実にも注目すべきです。

建部らがそのような能力を獲得することに、孝和の貢献なしには考えられません。本質を追究する取り組み姿勢や思考方法、そして本質を追究することが持つ価値への気づきは、建部らが孝和の知恵として獲得したことです。それは、未知の知識が持つ潜在的価値に気づくことに大きく貢献したはずです。

物事の本質を見定めようとする姿勢そして本質を尊重しようとする心意気は、何時の時代であっても失わないようにすべきことです。その姿勢と心意気は孝和から流れ出た知恵であり、その知恵は、建部らの提言を経て吉宗公の判断へと受け継がれていることに気づかないわけにいきません。さらに、その判断が、多くの人々を救うことになった西洋医学書である『解体新書』が、日本にもたらされることを許したことにも気づくべきかもしれません。

「空」にカテゴライズされた何かに気づく活動や「空」にカテゴライズされた何かを具体化する活動を許す神経細胞ネットワークが、自発的に形成できる状態へと脳神経組織を導く積極的役割を、教育が果たすことができないとしても、教育は重要な活動です。重さをもたらす原因に気づくための道を進むときも、体細胞の初期化現象に気づき原因を追究するための道を進むときも、知識なしで歩むことはできません。たとえ、創造活動の方法を教育的に伝えることは難しいとしても、知識の標準的な使用方法を、科学の方法や哲学の方法として教育を介して、伝えることは可能です。そのことを否定する人はいないはずです。頭を銃弾で打ち抜かれても、16歳の少女マララさんは、学ぶ権利をなお強く訴えているではないですか。学ぶ権利は誰にとっても尊重されるべきです。そうすれば、図書館から得られるものにも、脳に蓄積された知識にも、批判の光をあてながら、「空」にカテゴライズされている何かに具体像を与えるための道を進むことができます。知識を持ち合わせていればこそ、実態と照らし合わせて、批判されるべき知識が特定され、理解を深化させる道を進むことができるのです。

「空」にカテゴライズされる何か

心理の発現に関わる脳神経組織の活動を理解することに関しても、自然の実態を理解することに関しても、ブッダや老子の時代より遥かに深められ進んだ今日にわたしたちは生きています。事実、２００５年に引き続き、21世紀に入って2度目となる科学にとり重要な年を、２０１３年に迎えました。１センチメートルの1億分の1の世界で見える原子の姿をニールス・ボーアが暴きだし物質の理解に革命をもたらした年が１００年前の１９１

3年なのです。

目を通して見えたと思う像は、ある対象物のほんの一部に過ぎません。見えない陰の部分だけでなく、原子、電子、クォークなどのミクロな部分も見ることができません。そもそも、それらを、ビーズのような玉としてイメージしているとすれば、そのイメージは精密さに関して不十分です。場合によっては、そのイメージはまったくの間違いとなります。20世紀の初め、物理学者はそのことに翻弄されていました。21世紀を生きるわたしたちは、その事実に気づかなければなりません。

電子、クォーク、ヒッグス・ボソンなどを生み出す潜在的性質をもつ真空、それは、物理学上、極めて重要です。しかし、その姿を見ることはまったくできません。真空は「空」にカテゴライズされる典型的対象です。気づけないものも、気づいていないものも、「空」にカテゴライズされます。気づいたと思ったときには既に変化してしまっているものも、「空」にカテゴライズされます。

気づけないものや気づいていないものがどれだけあるのかを知る者はどこにもいません。このことが突きつけていることは、決してネガティブなことではないです。それが突きつけていることは、ポジティブなこととして受け止めるべきことです。それは、「空」の一部を具体化していくための考え方、あるいは「空」の一部に気づきを導く考え方を、脳神経細胞の連結状態を変えながら探索するようわたしたちを励ましていることなのです。もちろん、天体どうしの間に万有引力が作用するという考え方は惑星運動の説明を可能にしましたが、その考え方も「空」にカテゴライズされると見なしてよいことです。そうであればこそ、「具体化されたもの」あるいは「気づけたこと」たらしめた考え方を改善することが容易になります。重力は自由落下運動するスペース・クラフト内部で喪失するという見方は、惑星の運動だけでなく宇宙の進化さえ説明することを可能にしました。どれだけのことが「空」にカテゴライズされているのか知らないという事実は、脳を思考停止状態に留めずに、変化する現実を踏まえて、既存のあらゆる考え方に対し、よりよいものとはどういう考え方なのか、どのようなものなのかを求め、脳を動かし続けるようわたしたちを励ましているのです。また、そうであるからこそ考えることの楽しみを永久に持ち続けることができるのです。なお、ニュートンが宇宙空間を運動する天体どうしの間に働いている万有引力に気づいた17世紀から、４００年間にわたって深化させてきた科学によって宇宙の実態に対する理解を驚くほど深めた21世紀を生きるわたしたちは、「宇宙は無重力である」という考え方が、宇宙の進化を説明できないだけでなく、惑星の運動すら説明できないほど誤った考え方であることには気づいているべきです。

自由やそれに制限を加える公正さという社会意識は、社会の状況に応じて変化させられてしまいます。それらに確定した形は認められません。それらは「空」にカテゴライズされます。少なくとも公正さは、比較されるべき幾つかの状態を同じにするということだけから単純に実現されることではありません。それは、比較されるべきそれぞれの状態に影響を及ぼしているはずである歴史や文化が担う精神的な重みを加え合わせて、それぞれが等価となる状態として実現されるべきことです。どのような形が地球上に暮らす地球市民にとって望ましいのかは考え続けざるを得ません。

日本を含む幾つかの国が今日、誘致しようとしている巨大線形加速器いわゆる国際リニア・コライダーは、電子と陽電子とを正面衝突させるための巨大な装置です。相対論的量子力学と呼ばれる物理学上の理論が構築される前は、陽電子の存在は「空」にカテゴライズされていました。その存在が科学者の脳の中に想像されるようなことはまったくありませんでした。

その陽電子は電子と合体すると光と真空とに戻ってしまいます。この現象は、ＰＥＴイメージングと呼ばれる特殊な医療診断技術として利用され、それはアルツハイマー病を発症した脳の状態を調べる検査などを可能にしています。わたしは、そのような検査を病院で受けました。その検査は、わたしの脳でのアルツハイマー病の発症を否定しました。なお、２つの合体現象とは逆に、光と真空とから、陽電子と電子を生成させることもできます。

２０１１年に、天文ファンが注意を注いだ、おもしろい報道がありました。冬の澄んだ空に見え且つ誰でも知っている星座と言えばオリオン座です。その肩の部分の星、ペテルギウスから、半月時の月の輝きを超える輝きが、近々地球に届くというのです。今日、いびつにふくらんだペテルギウスに収縮現象が観測されています。その現象は超新星爆発が近づいていることを示しています。ただし、21世紀の今日においても、そのような天体現象における爆発のメカニズムはまだ十分に理解されていません。そのため、今日の予測には、１年先か1万年先か確定できない誤差が伴っています。

人工衛星を用いた観測から得られた地形の変形状況は、地層に刻まれた過去の痕跡が示す地震発生の周期性と相まって、巨大地震の発生が日増しに近づいていることを示しているとのことです。オリオン座の肩の部分に位置するペテルギウスからとんでもない輝きが届くことも、巨大地震が発生することも、現時点では「空」にカテゴライズされます。しかし、自分の「死」と同じように、それらは必ず訪れる「空」です。

文字で表せない先人の知恵

巨大な地震と津波が東北と関東を襲った年は、わたしがくも膜下出血を発症してちょうど1年後にあたります。それは２０１１年の3月のことでした。南米のチリでも日本と同様に大きな地震がたびたび起こってきたようです。チリ中部沿岸で２０１０年2月27日に発生した地震はマグニチュード８・８に達し世界で5番目に入る規模でした。リマの南南西１５０キロのペルー沖で、２００７年8月に発生したマグニチュード８・０の地震は、８５０００戸を倒壊させました。

そのような巨大地震に直面してきた南米のチリやペルーの人々は、巨大地震に対処する知恵を鍛え上げた人々の末裔でした。リマの北約１００キロ、４８００年前のアンデス文明が残したシクラスの遺跡の神殿跡などからは、植物繊維の縄で編んだシクラと呼ばれるネットに石を詰めて積み上げる建築技法が見いだされています。その建築技法は、マグニチュード８・０クラスの地震から建造物を守ることを可能にする知恵でした。そのことが、構造物強度に関わる今日の研究から立証されたと報道は伝えていました。

四川省成都平原の西部に位置し、２２６７年前に完成した都江堰と呼ばれる巨大な治水灌漑施設は、岷江の多量で激しい水の流れを揚子江に向かう流れと成都へ向かう流れとに二分しています。２つに分けられた流れのうち成都へ向かう流れは、成都からの船輸送を可能にしていました。そのことは秦による中国統一を助けたようです。この古く巨大な水利施設は、四川省汶川県で２００８年５月に発生したマグニチュード８・０の大地震に耐え、今でも成都平原の田を潤していると報道されていました。

経験に培われているだけで文字になっていないか、またはそもそも文字にできない知恵、いわゆる「不立文字」は、簡単に読み解くことができず、「空」に留まらざるを得ません。工学的技術の未熟さや科学的知識のなさ故に直面する多くの制約下で、最善を尽くした活動を脳にさせざるを得なかった古代の人々が鍛え上げた知恵、それは無視できません。

そもそも古代の人々にとって、「空」にカテゴライズされている何かを、知恵として気づこうと歩み出しを決心したとき、今とは比べものにならない難しさが、第一歩に伴っていたはずです。判らないことだらけの制約下で脳に最善を尽くさせなければならないとき、諦めない脳の活動方法は、魅力に富んでいることに気づかされます。手の打ちようがない制約下で脳を使い問題の解決を図ろうとした姿勢は、古代人が現代人に教えている貴重な知恵です。

わたしは、現代人の知恵に誇らしさを感じています。しかし、現代人の知恵が、文字に表れていない先人の知恵より優れていると単純に判断してよいかどうかは問われてよいと思っています。少なくとも数千年を超える経験に培われた知恵は災いを回避する技術的知恵としてあるいは哲学的知恵として、再認識されてよいのかもしれません。その知恵には、繰り返される災いを介して過信や願望が排除された結果としての客観的な妥当性が認められるはずです。その知恵には、大規模な自然現象に応じることに関し、謙虚さが伴っているはずです。それは、技術に対して都合のよい過信や願望を抱いている傲慢なわたしたちの脳を戒めている気がします。文明の遍歴の中にまだ埋もれているかもしれない、いわゆる文字にならない知恵にわたしたちは自分たちの過信を戒めるための哲学を見いだすべきかもしれません。

意識を超えたところで起こることやそれを超えたところで今、起こっていることは、影響が波及してこない限り関心を引きつけることはありません。影響が波及してきた後に対処する方法を考えることも、波及してくる前の「空」に留まる何かに気づき予防することも、どちらも大切です。できれば、蓄積された常識や異常な過信から脳を自由にし、脳の活動を活性化し、知恵の輝きを増大させ、まだ見えない不具合の発生を可能な限り避けていきたいものです。現状の自分にとって都合のよい知識や現状の自分にとって都合のよい経験が生み出している意識から、脳を自由にして脳をフレキシブルに活動させることをわたしたちの脳は、必ずしも得意としません。しかし、古代の人々の優れた知恵は、今を生きるわたしたちの脳で何ができるかとことん考えるべき勇気を、わたしたちに持たせてくれているように思えます。

「空」を見る科学の目が明かす宇宙の実態

望遠鏡が発明される遥か以前の古代マヤで、精緻な暦が天体観測に基づき作られていたことを遺跡の調査は明らかにしました。惑星運動の周期性から、太陽と金星と地球とが一直線上に配置する特別な瞬間があります。その瞬間が、西暦2012年に相当する年に訪れることを、古代マヤの暦は正確に予言していました。古代マヤ人は、観測から正確に惑星の動きの規則性を見いだしていたのです。それはわたしを驚かせました。その規則性は、漫然と夜空を眺めているだけでは「空」に留まらざるを得ない実態だからです。

　今日では、多数の遠方の銀河の中で起こった超新星爆発に由来する輝きを、望遠鏡によって捉えることにより、宇宙の膨張が加速していることさえ発見されています。しかも、その発見に対する功績により3名の科学者が２０１１年にノーベル賞を受賞しました。一方、宇宙のあらゆる方向から届く電波に対する精密観測からは、宇宙の年齢が１３７億年プラスマイナス2億年であるという精密評価がもたらされています。

　これは１３７億光年の距離を超えては、何も観測できないことを意味します。しかし、このことは、１３７億光年を超えた位置で宇宙が途絶えてしまうことを意味しているわけではありません。１３７億光年を超えた地点に立てば、１３７億光年にわたって広がる宇宙の姿が見えるはずなのです。しかも、そこから観測される銀河の分布状態は、地球から観測される銀河の分布状態と同じであるべきなのです。すなわち、銀河の分布状態を表す対相関関数が数学的に同じであるということです。

　１３７億光年を超えた地点で観測されるべき銀河の分布状態は「空」にカテゴライズされ、それに相当する実体に脳が直面できる機会は永久にありません。その実体は永久に「空」に留まります。しかし、宇宙に分布する各銀河が占める位置に特殊性はないという考え方と空間の均一膨張に関わるアインシュタイン方程式の解とは、「空」に留まるそのような銀河の分布状態に光をあて、脳が理解することを助けています。

わたしたちが選択できる複数の考え方の中に、最も単純に事態を捉えることができる考え方が必ずあります。わたしたちの銀河系の位置も、宇宙におけるどの銀河の位置も、特別な位置を占めているわけではなく、宇宙においてどれも同等な立場にあると見なす考え方は、まさに、事態を最も単純に捉えることを許す考え方です。もちろん、地球の位置も、太陽系の位置も、宇宙において特殊性はありません。

脳神経組織内に蓄積された知識や日常的経験に基づき、既存の神経細胞ネットワークが生み出す意識は、経験を超えた現象あるいは実体を、不可解なことあるいは人知の及ばないこととして理解を諦めさせます。または、その意識は、経験を超えた現象あるいは実体に対し、日常経験がもたらすイメージから都合のよい解釈を導き理解できたとさせます。そのような状況に出くわすことは珍しいことではないです。

その意識を生み出している脳神経組織の状態を脳自体が客観的且つ批判的に鳥瞰し、その状態から脳自体を自由にして活動させることを、脳は必ずしも得意としません。しかし、「空」にカテゴライズされた何かを理解するために、人類がこれまでに積み上げてきた理解に関する実績は、わたしたちを勇気づけるものです。都合の良い解釈をもって本質に向かう意志を失わせようとする願望から脳は脳自体を自由にできます。事態を最も単純に捉える考え方とは何かを重視して、脳は脳自体を活動させることができます。そうすることで積み上げてきたこれまでの実績は、「空」にカテゴライズされた何かを理解する能力がわたしたちの脳に備わることを保証しています。

宇宙空間の膨張という事実から要求される最も単純な考え方は、宇宙に始まりがあったという解釈です。また、膨張の事実が要求する最も単純な考え方は、膨張を開始して間もないころの宇宙は、熱力学的要請に従って高密度で高温な状態であったという解釈になります。もちろん、宇宙の始まりという実態は「空」に留まらざるを得ません。しかし、そんな宇宙の状態に関する痕跡は、電波として宇宙空間を満たしています。その電波に関する精密な測定が宇宙の年齢の精密な評価を可能にしたのです。

アンデスの標高５０００メートルのアタカマ高原には、宇宙の果てから届く微弱な電波を観測するため、直径８メートルから12メートルの電波望遠鏡66基からなる大規模な電波望遠鏡施設が建設され、２０１３年に本格運用が開始されました。報道によれば、電波望遠鏡施設の高い分解能は可視光で見ることができなかった天体のダイナミックな姿を捉え始めているようです。わたしは大正生まれの人間ですが、現代人の知恵に誇らしさを感じています。アンデスの高原に設置された電波望遠鏡から、宇宙の始まりに近いころの情報が精密さをもって得られる日が近づいているからです。宇宙の始まりという実態は「空」に留まっても、それを理解しようとする意志は、１３７億年まえのできごとの理解に向けわたしたちの脳を導いています。

ＮＡＳＡの発表によれば、生物が生存できる環境を持つ地球型の惑星の存在数は、これまでの観測結果に基づく推定値として、わたしたちの銀河系内においてさえ１０００億個程度に達するとのことです。わたしたちのような生物が存在する可能性がある惑星は、宇宙において地球だけではないという根拠が、観測方法の工夫により一層蓄積されてきているようです。ただし、人類に許される移動手段は極めて制限されています。たとえ、生物の存在を許している惑星が地球だけではないとしても、わたしたち人類は太陽系の外の惑星に立つどころか、火星にすら立つことができていません。このため、生物の存在を許す地球以外の惑星という実体に直接触れるということはできません。そのような意味で、それは「空」に留まり続けます。

この事実は、地球の存在そして地球の環境が地球市民にとって、この上もなく貴重であることを示しています。このことはぶっ壊れ脳のわたしでも理解できます。しかも、地球の環境は、地球上に共存している生物の活動の助けがあって、形作られてきたという歴史があります。このことは、生物の共存という状態の重要性をわたしたちに気づかせています。

生物多様性の維持とは

２０１０年に、生物多様性維持の重要性に関して認知を高めようとして、国連が名古屋で行った試みであるコップ・テンは、古代から現代まで人類の脳が維持してきた意識に、限界性が突きつけられていることを指摘する試みであったと見なせるようにわたしには思えます。便利さ、快適さ、そして利得、それらを実現することは、さまざまな不幸や不具合を引きずりながらいつの時代においても文明の明確な目的でした。今日では、望まない事態が発生するリスクを無視することがもたらすリスクに気づくことの価値を人は認識し始めています。すなわち、文明の目的に、文明自体を長続きさせる試みを加えるべきであることに、人は気づき始めています。

これまで、人間の単純な願望と文明の目的とは単純に直結した関係を保持していました。便利さ、快適さ、そして利得が実現されれば、文明の目的は達成されるという単純な先入観念は、人類のどんな振舞も地球は許容するという無意識の了解に基づいて作り上げられてきたものです。コップ・テンで指摘されるような生物多様性維持の価値に対し認識を高める活動は、そのような文明の目的に、少し変更を求めるものとして解釈することができます。

地球という惑星は、人類の振舞に対し、無限の大きさを提供しているわけではありません。スズメやツバメの先祖である恐竜たちは、子孫のために生息しやすい環境を維持するという努力をせずに1億数千万年間にわたり地球環境の中を生きていました。しかし、地球上に出現して、たかだか15万年の歴史しか持たないわたしたちホモサピエンスは、子孫のために生息しやすい環境を維持するということに関して、主体的努力なしでは、それを維持できない状況を、自らの振舞のために顕在化させつつあります。

国連が意識しているのかいないのかに関わらず、生物多様性の維持は、そのことを人類に気づかせるためのシンボリックな役割を負わされているものとして、その維持の価値を訴える国連の活動に、意味を与えることができます。生物多様性維持の価値に気づかせようとする国連の活動は、遺伝子資源の維持に限定された価値のみを人類に向け問いかけているという狭い意味で捉えられるべきではなく、それを超えた内容を含むと解釈してよいことです。そもそも、人類にとり生息しやすい環境を保持している地球生物圏は、人類と必要な家畜が地球上に生きていることだけで実現できるものではなく、多様な生物どうしの相互に依存した活動の結果として実現しているのであり、生物多様性を破壊した状態で維持できるものではないです。そのことを否定する人はいないと思います。

かつて、人の脳は、直面したことに対して都合のよい解釈を与え、生物多様性の維持ということに、関心を向けることはありませんでした。農薬の多量使用による食料増産が、トキの保護より遥かに重要であった時代がありました。トキの試験放鳥が毎年行われるまでになった事実は、脳の状態が進化したことを示しています。かつての脳の状態が出現させた「空」に変化が生じています。冬には、日差しが差し込む雪の里山を佐渡のトキは飛び回っているはずです。今日、これは「空」ではありません。

兵庫県豊岡市のコウノトリの郷公園を中心に行われているコウノトリの自然復帰への取り組みも、成果を上げげつつあると、報道されています。日本の空からコウノトリが消えた理由は、トキの場合と同様です。かつての脳の状態からすれば、食料増産のために農薬を多量に用いる手段は選択されるべき必然性だったのです。幸い、脳の状態は進化しました。報道によれば、豊岡市に続き、千葉県野田市でもコウノトリの自然復帰に関わる活動が開始されたとのことです。

しかし、食が満たされているだけの理由で生物多様性維持の価値が許容されているに過ぎないのであれば、トキとコウノトリに将来はないでしょう。気候変動は、異常な降雨現象に悩まされる地域を生み出す一方で、1年に6万平方キロメートルに達する大規模な砂漠化の進行も発生させ、地球が持つ食料生産能力をにわかに衰退させつつあります。気候変動と人口増加のために世界が近いうちに直面すると予測されている慢性的な食料不足は、数々の絶滅危惧種にとって将来が失われるリスクを高めています。消費される食料の60パーセント以上が、海外から調達され、その一方で、毎年1600億食分の食べ物が、消費期限切れなどの理由で開封されずに廃棄されるという状況は、許容されず、その状況は慢性的食料不足に直面すれば「空」にカテゴライズされざるを得ません。結局は、食料増産計画遂行のために野生生物の多様性喪失はやむなしと判断をくだす脳の状態が再び無視できなくなるに違いないのです。

とはいえ、168ヶ国が署名する生物多様性条約を形作らせた意志には、種の喪失を放置しない脳の目覚めいく覚悟が現れている気がします。予測される困難な状況が待ち構えているとしても、その覚悟は尊重され、その覚悟に勇気が与えられるような助けはいつも必要です。そもそも、文化と自然の調和を重んじることができる脳の状態は、わたしたちの惑星が許容できる人類の振舞とは何かに関して客観的理解をもたらし、それは文明を長続きさせることに貢献します。文化と自然の調和という視点は、生物多様性維持の価値への気づきやその価値への客観的理解を助け、脳がその価値を維持しやすくします。哲学者や科学者などの知のエキスパートの活動は、確かに、その価値に目覚めた脳を確信へと導いている気がします。

文化と自然の調和を象徴するようなこととして、微生物の関与が欠かせない発酵現象と文化との関わりに気づくことができます。微生物の世界においても、と言うよりは、微生物の世界だからこそ、調和した状態の価値が見えやすいのかもしれません。今日、無菌という状態を単純に選択することより共存がもたらす価値を選択することの方が、人の健康にとってむしろ望ましいという事実が突きつけられているようです。報道によれば、大腸菌の細胞膜を構成する物質の1つとされるエンドトキシンにさらされる環境下に置かれた幼児は、成長した後、花粉症などのアレルギー症状に悩まされることがない体質を獲得するとのことです。この例に見られるような免疫現象が示すことは、生物多様性維持の価値を論じるとき当然に考慮されるべきことです。

海洋においても河川においても水質の浄化に微生物は深く関わり、微生物の貢献なくして水質の浄化は達成できません。一方、人の営みが原因した水質の富栄養化により増え過ぎた植物プランクトンのために、アマモなどの海草に太陽の光が届かなくなり枯れてしまうだけでなく、酸素不足となった海から魚類や甲殻類を始めとするさまざまな生物がいなくなってしまうという現象が、世界のあちこちの海で起こっているようです。瀬戸内海でも同じ現象が起こっていました。その瀬戸内海では、カキをイカダで養殖し、増え過ぎたプランクトンをカキに捕食させ、光が海底まで差し込むようにする取り組みが行われてきました。結果、今日では海底でアマモが成長し、さまざまな魚類や甲殻類がそこで繁殖するようになったとのことです。絶滅寸前であった生きている化石、カブトガニも個体数を増やし始めているとのことです。この成功は注目され、汚れた海を浄化する目的で世界の各地でカキの養殖が行われ始めているようです。汚した海を浄化してもらいつつ海の恵みを享受しようとすれば、さまざまな生物の関わり合いなしに、それは実現できないことに気づかされます。生物多様性を受け入れた結果として実現する環境の浄化が、脳の健康に寄与することも生物多様性維持の価値として考慮されるべきです。

ミミズが、食料増産に欠かすことが出来ない土壌の改善に、大きな貢献をしていることが知られています。もちろん、ミミズは自分の生を支える微生物との共同作業で土壌の改善に寄与しています。生物の種どうしがどのように関わって環境の維持に寄与しているか人が理解している部分はほんの一部です。生物の種どうしの関係のほとんどが「空」に留まったままであることに気づかなければなりません。生物の多様性が失われることは、その関係を「空」に放置することを意味します。多様性の喪失は、生物多様性を実現させている生物の共存状態の意味を知る機会を失うことになるのです。また、生物多様性が失われれば生物進化の要因やメカニズムを知ることを難しくします。それらの裏返しとして、生物多様性維持の価値は考慮されるべきことです。

脳神経細胞だけでなくわたしたちの体細胞のすべてに、エネルギー生産の役割を負うミトコンドリアという構造体が内蔵されています。ミトコンドリアは大きな単細胞微生物の体内で共生関係を形成した小さな単細胞微生物であったことが判っています。高いエネルギー生産能力を持つ単細胞微生物と共生関係を形成できたその大きな単細胞微生物は細胞集合体を形成し、多細胞生物への進化の道を進んだのです。しかも、多細胞生物の発生により単細胞微生物が絶滅したのでなく、単細胞微生物との共存状態の中で多細胞生物は進化したのです。わたしたちの身体の健康維持に、共生状態にある腸内細菌の貢献は不可欠です。また、土壌・水質・大気などの地球環境を浄化し健全に保つために微生物を含めた調和のとれた適切な共生状態は不可欠です。荘子が指摘するように、万物は一つ一つが相互に結びついて調和がとれた単一を形成していると見るべきなのです。

　生物種の多様性は共存生物が複雑に関係し合った共生状態から生み出され、捕食側と捕食される側との関係にすら自然界のバランスにおいて共生関係が認められます。ほとんど未知に留まっている生物種間相互の複雑な関わり合いに基づく共生関係が成立できたとき生き残れる条件が整うのであり、環境因子に最も適応したものが生き残った結果から生物種の多様性が生じていると単純に結論できません。共に生きる理由が原理として働き共存状態が維持され、多様性が現れているのです。生物種間相互の複雑な関わり合いに関心を向けず、それを未知に留めたまま自らの都合のみに依存した振舞を人類はしてきました。そのことが、生物の共存状態、すなわち、多様性に変化を与えました。生物多様性の価値に気づければ、地球生物圏の健全性は維持できます。その価値への気づきは、人類の脳が、自らの振舞を自らの将来のために客観視することを助けるはずです。それは、文明の存続を支えることになります。

「空」を「空」に留めようとする意識を超えて

地球上に現れた生物の中で人類だけが、自分の遺伝子をいじって新しい形質を獲得できるという特別な能力を身につけています。遺伝子操作によって獲得した強靭な筋肉を持つスポーツ選手が既にいるとさえ言われています。人類が、自分を取り巻く環境、その変化、およびその変化がもたらす効果を十分に理解せずに、環境や自分の遺伝子を含めさまざまな因子を変化させてしまっている事態があるのであれば注意しなければならないことです。レイチェル・カールソンが危惧する『沈黙の春』は一つの例です。

今日、「空」にカテゴライズされていた「何か」への理解は確かに深まっています。他方、理解するための努力を放棄するとか、そらされた方向への関心のために本質を見失うとかの原因によって「空」を広げている事態もある気がします。そもそも、わたしたちの願望が原因となって変化させたさまざまなことからもたらされる効果に関して、都合の良いことに関心を向け、都合の悪いことに関しては放置する傾向が、わたしたちの脳にはあります。実態の変化が加速度的であるとき、直面したときの影響の大きさに関して、都合のよい方向への寄与だけでなく、都合の悪い方向への寄与に関しても、気づく必要があります。

そもそも、新たな神経細胞ネットワークの形成なしに脳に蓄積された経験や知識のみに依存した脳の状態が作り出すイメージに強く固執していると、変化している実態あるいは変化させられている実態についていけない状況が生まれます。ついていけない状況は、「空」の一部に理解の光が届きそうでありながら、「空」のままに放置される対象があることを意味します。そのような対象の増加が問題となることはないと考えて、放置することは望ましいことではないです。「空」に留まるものが幾つあるか数える能力がないことを認め、慎重に物事に対処しなければならないはずです。

ビデオジャーナリストであるジョン・アルパートが、報道に関わるインタビューの中で、

「事実を見なければ世界は変われない。事実に目を背け、あるいはそれに対し目をつむる。だから、実態に馴染まない意識を獲得してしまうのだ」

と言っていたことをわたしのぶっ壊れ脳は思い出しています。もちろん、不幸に直面し

ても、その不幸を分析し原因を探れば、それは不幸を避けるための試金石となるはずです。これは、あるドキュメンタリーの中である作家が指摘していたことです。

ただし、命の相違をねつ造し、それを根拠にした判断を実行するのは、「空」を「空」に放置するようなことであり、危険なことです。人為的に作られた根拠には常に批判的な光をあてて客観性を確認する努力を惜しむべきではないです。もちろん、人類の振舞が、地球上における人類の将来を見据えようとする意識によって裏付けられていれば、その意識は、人類の存続を可能にする意識を具体化するはずです。しかも、それは、不幸な状況の発生が食い止められないような事態に発展するリスクを最小にするはずです。

物資の流れの高速化や人の行き来の頻度の高まりは、グローバライゼイションに伴い、一層進むはずです。この状況は、新型インフルエンザに代表されるような高い致死率をもつ感染症が予測を超えた速さで拡散する可能性を高めています。その拡散の速さにワクチンの製造が追いつかないという状況が起こりえるようです。その拡散を速める今日の状況が、高い致死率をもつ感染症が世界的に流行するリスクを高めていると指摘されているのです。ただし、人々の意識しだいで、そのリスクを低く抑えることは可能なようです。そのためとして、ロリー・ギャレットは、

「科学ジャーナリズムは、意識を正しく導く役割を果たすべきである」と報道の中で指摘していました。ウイルスや微生物の拡散だけではありません。化学物質や放射性物質に関わる汚染の拡散にも注目していかなければなりません。また、大きなリスクを無視し、都合のよい結果だけに向かう欲求への感染に関しても同じです。

高等数学の「確率過程」を用いて得られる判断は、都合のよい結果だけを示すものではありません。その判断には、ゼロでないリスクが伴うのです。しかし、つきまとうそのリスクを封印できるはずと、人々に思わせたあるアイデアが考えだされました。しかも、そのことによって、人々は金融資本主義に限りない魅力を与えようとしてきたようです。そのアイデアの感染力は人々の想像を超えて強すぎるものでした。

そのアイデアにつきまとっている潜在的危険性に、科学者は気づいていました。しかし、そのアイデアを使いたいと願う人たちの脳は、都合のよい結果が生じることだけに関心を向けていたようです。これは、金融危機の分析に携わった人々が報道番組の中で指摘していたことです。

ものの相場の変動を利用し、利得を獲得することにリスクが伴うとしても、それに強く頼ろうとする脳の状態は、都合のよい結果しか見ようとしない意識を育みます。たとえ不具合が発生しても自分には波及してこないと、人は思いたがるものだと心理学者が指摘していました。脳の中に既に組み込んだ考えや判断に変更が求められる局面で、それを変えることがどんなに合理的かつ必然的で、変えないことが矛盾や強烈な不具合を招くとしても、脳は抵抗するのです。

数歩先へ向けた視線の先に見える実体を「空」に押しとどめ、足下に向けた視線で捉えられる都合のよいイメージのみに願望を集積させた脳の活動は、不具合を伴うような不完全な結果をもたらすリスクを高めます。事実、都合のよい結果に視線を向けることしかしなかった結果として、発生させてしまったような不幸な出来事は、繰り返し繰り返し報道されています。

少し前の例としてまず思い出せることは、肺がんを発生させるリスクが世界で問題視され始めても、石綿の使用や石綿製品の製造に関して特別な注意が喚起されることがなかった出来事です。次に思い出されるのは、ポリ塩化ビフェニルに汚染された油脂の摂取により悲惨な健康被害が発生した事件です。高い毒性や発がん性が発覚したポリ塩化ビフェニルは２００１年に調印された国際条約に基づき、２０２８年までに全廃されることになっています。しかし、今日現役で稼働しているあちこちの変圧器やコンデンサーの中に、絶縁油としてポリ塩化ビフェニルが満たされているという残念な現実には気づいていなければなりません。２０１２年の夏には、印刷機の洗浄に携わっていた作業員が多数、胆管がんを発症して亡くなっていたことが報道されていました。洗浄に用いられていた１・２ジクロロプロパンは揮発性であるため作業員の肺の中に吸い込まれます。その１・２ジクロロプロパンが胆管がんの発症に深く関わっていることが判ってきています。水銀の取り扱い制限に関わる国際条約から思い出されるのは、水俣湾での有機水銀汚染が水俣病を発生させたことです。しかも、水俣病の発症は、加害者側に立つ人々と汚染による健康被害を受けた人々との間に断裂と衝突を生み出し、地域を分断するという不幸も引き起こしていました。残念ですが、今でも水俣病に苦しんでいる方々が多くおられます。

記憶していることを記憶しているとおりに行い効率的に作業を遂行するという活動がもつ価値があります。一方、ある論理の構築とその論理に基づく記憶の再構成に努めながら新たな気づきに到達しようとする活動が持つ価値があります。ある論理に基づいて記憶を再構成する過程には、脳の中に既に組み込んだ考えや判断に、変更が求められる局面が必ず伴います。そのとき、変えないことで直面する不具合は、変えることの合理性や必然性を脳に受け入れさせることに関して、それほどの説得力を持ち合わせません。

幸い、水銀の取り扱いを制限する国際条約、水俣条約が２０１３年10月に採択されたという報道がありました。水銀汚染による健康被害を抑制する目的で、鉱山からの水銀産出を禁止すること、水銀および水銀を使用した製品の輸出入を規制すること、小規模な金採掘での水銀の不法使用を防止すること、排気ガスや排水中に含まれる水銀量を規制し大気汚染、水質汚染、および土壌汚染を防止することなどがその条約に盛り込まれています。

水俣病のような公害病を発生させる汚染を出現させるか、あるいは、そのような汚染を防止できるかは、わたしたちの脳の状態と脳の働きに関わっています。人体の健康を守ることが、生命環境の健全性の維持に努めることと結びついていること、そのことを記憶として脳が保持していても、脳の状態がその大切さを気づかせないようにしむける可能性は否定できません。しかし、足下に見える都合のよさにだけ視線を向け「空」に留まる不具合を放置しようとするような脳の状態は変わりつつあります。水俣条約が採択された事実は、そのことを示している気がします。

脳を占有する興奮を超えて

わたしは、小さな子どもたちを巻き込み、今日起こっているシリアの悲惨さを、ドキュメンタリー番組を通して知りました。いろいろな因子が連動して関わり合い事態は複雑化しているようです。悲惨な現状のために憤慨や悲しみが人々の脳を満たさないわけがなく、悲劇の連鎖から子どもたちが逃れられることを願わないわけにいきません。

地球上に誕生した生物の中で最も凶暴な脳を持つ生物は、その生物圏内において最も大規模かつ自分勝手に振る舞うわたしたち人類であるということを、ぶっ壊れ脳の大正生まれであるわたしは、よく理解することができます。人類の脳が生物史上最悪の凶暴性を抱えているという指摘を虚構として否定したくても、ニュースは毎日のようにその凶暴性を暴露しています。どうしたら「無念さ」や「怒り」を沈めることができるかという問いは、答えの出せない最も大きな困難の1つとして人の脳を悩ませています。人の脳は、それ自体が生み出す問題によって悩まされているのです。

被害者とその肉親が抱える「無念さ」に対処する方法は、加害者を死刑にすること以外に選択肢はありませんでした。裁判官の方々が、そのように下した判決をニュースでよく耳にします。被害者の心情やその関係者の心情に寄り添い「無念さ」を緩和する方法を考えて頂く役割も、加害者に社会への償いを負わせる方法を考えて頂く役割も、裁判官にお任せしなければならないことです。しかし、被害者や関係者の心情に対処するという理由だけが強調されているニュースを聞かされると、知のエキスパートとしての優れた脳機能が惜しみなく活動した結果をニュースが伝えているのだろうかと思わされます。

飛行機を使い強力な爆弾を誰かが炸裂させ、それにより死者が発生したとき、「無念さ」や「怒り」を緩和する方法は、屈服させることをもって対処することであると考えることが、唯一無二の最善策とは思えません。もちろん、どのような対処を選択するとしても、単純に受け入れられない脳の状態は生じ、難しい局面の発生を否定できる保証は何もありません。わたしは、大正生まれですので、太平洋戦争で「怒り」や「無念さ」が引き起こすやりきれない悲惨さをいやというほど見せつけられてきました。他者に向けられた激しく抑えがたい衝動ではなく、内に向けられたやりきれない悲しみでいっぱいになっていたのです。ですから、「怒り」や「無念さ」を他者に向けることを超えて、自らの心を慰め沈める方法はないのかと考えさせられるのです。

お釈迦さまが、アングリマーラに下した判断は、確かに1つのやり方です。その判断とは、アングリマーラを自分の弟子とし、人々に奉仕する仏への道を歩ませるものでした。今日の最高裁の判決であれば、市民の感傷的な反応いわゆる「無念さ」を根拠としてアングリマーラには、死罪が言い渡されるはずです。

死刑囚である永山則夫に関わる特集番組は、お釈迦さまの知恵をわたしに思い出させるに十分なものでした。学校に行けるような環境下で育つことができなかった永山則夫は、罪を犯した19歳のとき、文字の読み書きがほとんどできない状態だったようです。しかし、彼は獄中で文字を習い、本を出版していました。償いたいと言う永山の意志に基づき、本の出版で得た印税はすべて被害者の遺族に送り届けられていました。犯行当時の永山の精神状態は、精神科の医師により詳しく分析されて報告書にまとめあげられていました。その報告書は死刑の求刑を勧めるものではありませんでした。しかし、報告書を考慮することがなかった最高裁は「遺族の無念さ」を根拠として永山に死刑判決を申し渡し、永山はそれを率直に受け入れて刑は執行されました。

不幸にして、生じてしまった「怒り」や「無念さ」をどのように克服するかは最も難しい問題の1つです。しかし、そのようなことが原因で文明や生命を壊すようなことがないします。

よう、よい方法に気づいていかなければならない段階にわたしたちは立たされている気が

「怒り」、「憎しみ」、「無念さ」などを生み出す脳の状態が、何かをきっかけに脳自体によって活性化させられ、生物界で類を見ない大きな規模で長い期間にわたって悲惨な争いを互いに行わせるという悲しい事態を人間の脳は発生させます。これは、残念なことに、人間を特徴づけます。それゆえ、人間性にポジティブなイメージだけを与えて、人類の脳の活動の完全性を強調したがる脳自体に対して、自分勝手さを脳は戒めていかなければなりません。その戒めは、凶暴性をむき出しにした脳が、ネガティブな振舞を煽り立てることだけをもって、人間性が特徴づけられ兼ねない事態を、わたしたちの脳が否定していくために必要です。

２０１３年の年末にマンデラ氏の訃報がニュースで伝えられ、間もなくしてマンデラ氏の功績を讃える報道が幾つもありました。「怒り」を越え、「悲しさ」と「やり切れなさ」、そして「無力さ」と「空きっ腹」をただ引っさげて、いつになったら終わるのだろうという思いで生きていたあの戦時中をわたしは思い出しました。

マンデラ氏は、「怒り」にとらわれ続けることは無意味なことであると、指摘していた

と言います。牢獄で毎日、岩を砕く作業をさせられ続けたマンデラ氏は、自分を含む囚人を監視している白人警察官の脳を満たしている「怒り」、その「怒り」について考えるようになっていったと言うのです。抑圧される側だけでなく抑圧する側の心理に考えが及ぶようになっていたと言うのです。「憎しみ」を学べるのであれば、「許し合うこと」も学べるはずであることをマンデラ氏は確信したようです。そして、マンデラ氏は１９９４年に大統領になりました。その後、マンデラ氏は、「憎しみ」と「怒り」では乗り越えることができなかった状態を「許し」と「融和」により克服して、人間的品格の高みに人々を導こうとし、それを実行していました。その試みは将来にわたって引き継がれていくべきことです。

「怒り」や「憎しみ」を生み出す脳の源流にまで思いをはせることができれば、「怒り」と「憎しみ」とが形作る強固な壁に取り囲まれた状態から、脳を解き放つことを許す機会が訪れるのです。そのことをマンデラ氏の行動は気づかせてくれています。人種を区別する壁も国が作る壁も、何の既得権も持たない者にとって、それらは「無」に外なりません。負の既得権を持たされた人々にとって、それらは、堪えがたい障害物に違いありません。

一方、既得権の維持を目指したい人にとって、それらは重要な城壁のはずです。マンデラ氏の行動は、そういった壁を越えたところに見える本質とは何かを考え続けることの大切さを気づかせてくれています。しかも、その本質が地球市民という視点からグローバルに考え続けられることが持つ意味の深さに気づかせてくれています。

確かに、それらの壁を越えたところに位置する人間的品格の高さを人は獲得していくことができます。マンデラ氏の行動は、そのことを確信させてくれています。一部の人種が支配する世の中を人種融和の世の中に変えることに力を注いだマンデラ氏は、知恵によって人々の意識を変えることができることを示してくれました。

埋め合わせができない興奮状態から脳を解放することは、決して簡単ではないです。また、それは単純なことでもありません。しかし、その興奮状態に脳を放置することはよいことではありません。それを放置したままでは、「怒り」、「憎しみ」、「無念さ」を増強するだけで穏やかで豊かな脳の状態を取り戻すことはできません。マンデラ氏の知恵は、屈服させるような方法を避けて興奮状態から脳を解放する方法が、脳の活動の源流にさかのぼることにより可能となることを示しています。

以前、脳を満たしていた「怒り」も「苦々しさ」もすべてを牢獄に置いて、27年間の投獄に終止符を打つことができたとマンデラ氏は語っていました。人間的品格とは脳のどのような状態に相当し、どのように獲得され得るのかを問い、それらについてわたしたち各自が考え続けなければなりません。マンデラ氏の判断と行動はわたしたちにそのことを気づかせています。

人類の脳が生み出す生物史上最悪の凶暴性、それを制圧できるだけのポテンシャリティを確かに人の脳は所持しています。本来的には、そのポテンシャリティを発揮することで、人間性が特徴づけられなければなりません。幸い、それは可能であることを、マンデラ氏が示した知恵と行動は、わたしたちに確信させてくれています。まさに、その知恵と行動、すなわちマンデラ氏の魂は、すべての人類に託された遺産に違いありません。

「空」としての「国」

冬の日だまりを流れる空気を振動させエリック・サティのピアノ曲『ジムノペディ』は葉が落ちた落葉樹のこずえの間を自由に漂い、穏やかな林や森と調和したヒチリキの音色が持つ雰囲気を漂わせています。

「日常の経験に培われた認識によってどんなに制限されていようと、意識は自由を伴った記憶であり、創造はそれに支えられている。そして、生命というものは必然である物質と自由である意識とのハーモニーからなる」

と指摘したい哲学者から見れば、利得を得ることのみに社会の主たる関心が向かう状況は、意識の自由や意識の多様性を人間自らが放棄していることに等しいと思えるに違いありません。

同じようなものや同じようなことに価値を認めるよう働きかけられ、それを求める意志が脳に宿り、自然に自分の自由が制限されたとしても、それが、自由の具体化であると思えれば、人の脳に違和感が生じることはないのです。増して、働きかけに応じる意志が脳に宿り、自発的に自分の自由を制限するのであれば、脳に違和感が生じる理由はありません。自己に備わる自由な個性や自由な価値観を心地よく聞こえるキャッチフレーズに従って自ら気前よく制限し、自己に固有な自由度が失われても、違和感は生まれないのです。しかし、そのときの脳が認識した自由は、受動的な自由であり、自己の中に自己によって実現される主体的な自由とは性格がまったく異なります。受動的な自由は、社会制度の凶暴さ、困窮と空きっ腹の日常化、戦争の惨事、略奪の横行、疫病の蔓延などの惨状下で簡単に失われます。しかし、主体的な自由は、生きている限りどんな惨状下でさえも失われません。荘子が生きていた紀元前4世紀においても今日的な悲惨さの中においても同じことが言えます。

現実を生きながら現実に引きずられない脳の状態を維持し、他者を尊重しながら自己の本質を見失わない脳の状態を維持し、自己の本質を尊重しながら、その本質に批判的な光をあてることができる脳の状態を維持しているとき、その脳の状態は、主体的な自由の実現を助けます。受動的な自由がない世界においては、主体的な自由を具現化する努力はとても重要です。それは生きる理由を形作るからです。

どんなに楽器を没収され全てを失っても叩けるものがあれば何でも楽器にできるＤＮＡを持ち合わせ、身体から湧き出す抑え難いポジティブなリズムに合わせ自らの脳神経組織に音楽を作らせ生きる目的を作らせた人々は、ドラム缶を叩く喜びを見いだし、そのドラム缶を叩いた人々の末裔は、トリニダード・トバコとして独立し、スティールパンで作るリズムの文化を国境の壁も人種の壁もぶち抜き世界に浸透させて行きました。

受動的な自由が手に入れられるとしても、主体的な自由が見失われないに越したことはないです。生きる理由の本質が、見失われないようにするためにです。このために、受動的な自由を獲得するときの取引がどのような効果をもたらすかは、注視していくべきことです。荘子の哲学が説くように、どんな状況下においてさえ、主体的な自由が己の中に実現されれば、生きる理由に気づけます。主体的な自由とは己に固有なものなのです。

心地よい誘いによって、皆が同じようなことに価値を求める状態が進めば、社会から個性が消え多様性が失われます。それは、多様性が担う有機的な活力が社会から失われることを意味します。経済性が伴わないことを理由にした文化活動の停止などのニュースは確かにあります。たとえ、この事態が、「空」に留まらない現実であっても、知恵の豊かさや音楽の豊かさは、国境などない地球全体の文化資産として多様性を失わずに共有化され続けるべきです。

日本人でなくスウェーデン人でもなく国家から自立して生きなければならない道を、ピアニストのフジコ・ヘミングは否応なしに選ばされていたと言います。気づいたとき、フジコにとって国家は「空」そのものであり、フジコは地球市民となっていたのです。今日の社会事情ではとても大変なことですが、1人の地球市民として自立して生きなければならないことになっていたのです。そのためか、フジコのピアノは、人が作る境界を越えて琴線を震わせる魅力を持っている気がします。わたしも、フジコのピアノが好きです。

ソチ・オリンピックのスピードスケートで大活躍した多数の選手たちの出身地、オランダには、芸術と緑、運河と鉄道網、そして歴史と近代的都市機能を調和させた大都市アムステルダムがあります。その大都市には、１７０を超えるさまざまな国籍を携えて暮らす人々を許容する豊かな精神性が備わっています。グローバルな精神的許容性を高めることの価値は、今日、地球上のすべての人々に受け入れられようとしています。脳の状態をポジティブにし、その価値を確認し合うオリンピックは象徴的な祭典です。その価値をさらに発展させようとする今日の動向は、いつか、国境が「空」となり、国益という言葉が死語となり、地球市民となっていたフジコのようにすべての人々が地球人として、地球上に生活できるとき、そういうときが到来することをわたしに確信させています。

昨今のニュースの中で、国益という言葉を耳にします。しかも、それをたびたび耳にします。そのケースでの国や益とは、何を指しているのか気にしないわけにいきません。人の品格は文化によって育まれ、経済は文化を支えるということから、経済的利得こそが、人の品格を支えているものであると指摘したいのかもしれません。品格は、利得を象徴する経済の尺度で測られるものだと見なされる傾向が、「益」という言葉に込められている気がします。

地球規模でものを考えて、グローバライゼイションに乗り遅れないようにという公の呼びかけを誰でも知っています。そのため、公の利益に相当するものは、グローバルな視点で捉えられるものであり、それは地球市民にとっての利益と異なるものではないことになります。公に入り、公を介して地球市民それぞれに還元できるような特別ありがたいものが何かあるのです。それゆえ、それを獲得することの重要性が常に強調されているのです。工業製品を作ったり商品の売買を行ったりしているわけではないような公が単純に「国」に対応しているわけではないと、誰にでも判ります。しかし、そのようなことをしてくれる公が社会機能としてあるはずなのです。

サンマリノは、最も小さな独立国家の1つであり、他の国々とともに2014年2月に開催されたソチ・オリンピックに参加していました。サンマリノは、イタリア半島の真ん中に位置しています。しかも、サンマリノは、丘の上に位置するため、朝の日の光をどこより早く受け、夕方の日の光をどこより遅くまで受けています。報道は、そんなサンマリノに暮らす人々の誉れを讃えていました。満ち足りることを知るサンマリノの人々のDNAは、戦争をはね除け、一万数千人足らずのその国は、第2次大戦中に、10万人を超える難民の世話を自国民と同様に行っていたのです。

一万数千人足らずの国が10万人を超える難民を受け入れるという行為に、どんな国益があるのでしょうか。その益とは、美徳と行為に対する誇らしさとを自らが持つということを自らに示すこと以外にないと気づかされます。利得より美徳と誇らしさとを選択する人々の意識は、公の判断に品格をもたらすのでしょう。このときの国の判断は人々の判断です。そのときの国の意識は、社会の意識であり人々の意識です。そして、国は人々を指すことになります。国が人々を指さないとすれば、国は「空」そのものです。

徳川将軍の師匠であり明治維新後、平民となっていた成島柳北は、1872（明治5）年に、欧州視察の日本国使節団に随行したとき、前の年の3月に勃発したパリ・コミューンのことを知ったようです。将軍の師匠であった柳北は、孔子や老子の哲学に精通していました。柳北にとって、ものごとを分析し判断するときの基礎は、これらの哲学にあったようです。

柳北のことを取り上げた番組によれば、柳北の哲学が、柳北の脳によるパリ・コミューン勃発に対する受け止め方を、そのニュースを聴いた日本国使節団の人々の脳による受け止め方とはまったく異なるものにさせていました。使節団の人々の脳には、発生させてはならない暴動として見えていました。一方、江戸の知識人として哲学してきた柳北の脳には、パリ・コミューンは人民が人権の尊重を求めて起こした意思表示として見えていました。その出来事は、柳北の関心を人権の尊重に向けさせたようです。同じ出来事でさえ見える内容は、脳の状態によってまったく異なってしまうのです。

国の姿を既製品として用意し、そこに地球市民をはめ込む方式で社会システムを形成するやり方は、柳北の脳には、不自然に見えたのでしょう。地球市民の尊厳が保たれて国の姿が社会システムとして自然に形成されるほうが、柳北の脳には、自然に見えていたのかもしれません。そもそも、「国」とは確定した姿をもつようなものでなく「空」にカテゴライズされているものです。しかも、「国」の姿は、人々の意識により、形作られ具体化されるものなのです。

今なお文明から独立してキリマンジャロのふもとに広がるサバンナで狩猟生活をしているハッザの人々は、協同で狩りをし、獲得した獲物を均等に分配するという文化を持っているようです。彼らの社会には、獲得物が誰かに集積されるというような文化が存在しないようです。一方、あるアナリストの分析によれば、文明に依存し、文明からもたらされる便利さ、快適さ、そして利得に象徴される「うま味」に酔うと、その酔いは、経済的集積を求めることに関心をフォーカスさせるようになるとのことです。しかも、経済的集積を求めることは、扁桃体を異常に活性化させるようです。今日、その活性化が、脳を鬱病状態へと突き進ませる1つの因子になっていると、そのアナリストは指摘しています。

経済的欲求を満たそうとする努力が、人が時間をかけて文化として育んできた人間的品格を瓦解させたとしても、その欲求に対する充足感の程度は、今日的な人間的品格の高さを示す尺度となっていると、人に解釈させている社会の意識があります。そんな解釈に人をしがみつかせている特別な意識があります。しかも、その意識は、他の多様な意識を排除し優位を占めてきています。

その意識がもたらすことは、必ずしもネガティブなことではないです。その意識がもたらしているポジティブな動向の1つが、グローバル化のための人材育成という取り組みであり、その意識はその取り組みを促進および発展させています。グローバル化に対応できる人格と能力を求めることは、地球規模で公正でポジティブな効果を生み出す基礎となるグローバルな意識に向かって、脳神経組織の状態を進化させていかざるを得ない状況に、社会を置くはずです。その状況は、地球規模で公正でポジティブな効果を生み出す基礎となるグローバルな道徳心の重要さを人々が認識することを促進させ、その重要さを知る脳を育むことになります。その脳は、地球規模で人類が益することは何かを考え、それを具体化することに貢献するはずです。

人は、自立した国を維持して、そこに生きることをずっと望んできました。領土は国を形作る1つの重要な要素でした。一方、今日の企業は、国という言葉で特徴づけられた枠を越えて、グローバルなレベルの道徳心を携えて地球規模で公正でポジティブな効果を生み出す活動に携わっています。したがって、地球規模で公正でポジティブな効果を生み出すことに関わる企業は、国というような人為的な枠がない状態こそが、自らの活動を達成しやすくすると、気づいているはずです。グローバルなレベルの道徳心を携えた企業は、国から独立して活動できる状態を望んでいるはずです。企業は、国が、物質的にも精神的にも認識されることがない存在、すなわち「空」に留まっていてくれることを望んでいるはずです。結局、人は、国から自立して生きることを望むようになるのでしょう。

既得権を守るために、自分が所属していると思う国が自立している状態は重要です。その状態への関心を維持しながらも、今日、それへの関心を超えて、好感的な相互依存関係を積極的に受け入れようとして、人々の意識は次の段階へ動き始めています。グローバルなレベルの道徳心を携えて地球規模で公正でポジティブな効果を生み出すための企業の活動は、人々の意識を新しい段階に突き進ませつつあります。地球の上で人々が自立して生きていける状況を黒子として助ける役割が、老子が言うように、社会システムに求められているに違いありません。グローバルな企業活動は、黒子が、地球上の1つの地方にすぎない国に最も似つかわしい役目となるときを到来させるのでしょう。

エピローグ　すべてを超えて

長年生きれば、免疫力の衰退だけでなく、骨組織細胞の能力や各種臓器の細胞の能力に鈍化が進行している実態を認めないわけにいきません。この段階でぶっ壊れたら、いさぎよく生の終焉を認めるという選択肢を医療処置の見地から選ばされざるを得ません。それはやむを得ないことです。しかし、わたしは、大福を食いたかったのです。だから、マイナーな選択肢を選びました。そして、免疫機能や各種臓器に残る能力が、わたしの生をどこまで許すか確認してみたいと思っているのです。

直面する今を生きる道は、脳神経組織の状態および骨組織や各種臓器の状態によってさまざまです。わたしが体験した昏睡状態と同じような状態に不幸にも直面し、免疫機能や各種臓器に残存する能力が衰え、身体を構成する細胞が死を迎えるその瞬間まで、静止状態の身体につながれたチューブが向かう生命維持装置の助けによって、直面する今を生き続けるという道があります。生命維持装置に頼らずに、各種臓器の機能の劣化をいさぎよく受け入れ、肉体が死を迎えるその瞬間まで、直面する今を生き続ける道もあります。

ぶっ壊れた脳が自発性を失わせてさえ、強制的な動作に基づく筋肉の伸び縮みに関わる電気信号を脳神経組織に送り込み続けながら、肉体が衰え死を迎えるその瞬間まで直面する今を生き続ける道もあります。幸い自力で身体を動かし、免疫機能や各種臓器の機能劣化に対抗しながら残る能力の限り直面する今を生き続ける幸運な道もあります。たとえ、いずれかの道を進まざるを得なくなったとしても、死を迎えるその瞬間まで直面し続けるたった一度の今を生きている自分の身体は自分にとり誇りです。精神的に富めるものも精神的に貧しいものも、精神的に成功したものも、精神的にすべてを失ったものも、望みを達したものも届かなかったものも、死を迎える最後の瞬間は、みんな同じだってことに気づきたいです。その瞬間から身体を支えていた細胞間の協力機構が完全に機能しなくなりどの細胞も再活性化不可能な道を突き進むことになるのです。たった一度しか訪れない今を生きていることに大切さがあることを気づき続けていきたいものです。

サイエンスに関わる番組の中で、物理の法則に基づき、宇宙の始まりについて考え続けているホーキング博士が、宇宙について語っていました。ホーキング博士のお話は、死後に訪れることができる別の宇宙が、存在しないという事実に気づかせてくれました。わたしたちは、生まれ来てたった一度きり直面する特別な瞬間である今を、この宇宙の中で生きているのです。137億光年の彼方にわたって分布する一千億個を超える銀河を抱え込んで広がる広大な宇宙で、たった一度だけ直面する今という特別な瞬間を感じている自分の身体に誇りを持たないわけにいきません。ビッグバンから137億年のときを経て膨張を続け今日さらに膨張を加速させている躍動的な宇宙で、たった一度だけしか直面することがない今という特別な瞬間だけに持つことが許されるその誇りを大切に思わないわけにはいきません。

短期記憶を司る神経細胞組織も長期記憶を司る神経細胞組織もぶっ壊れたとき、自分の自覚は、たった一度直面する特別な瞬間である今だけにしかないのです。喜びの実体も悲しみの実体も、また、満ち足りの実体も不満の実体も、たった一度直面する特別な瞬間である今だけにあるのです。短期記憶機能も長期記憶機能も失われているとき、未来の価値も過去の苦さも存在しないのです。そのとき、唯一重要なことは、一度だけ直面する今という瞬間を生きていること、そしてその瞬間を感じていることだけです。その瞬間だけが、実体と出くわす特別な機会だということです。

記憶によって確認されることになる過去も、記憶から作られることになる未来も、脳の機能によってもたらされるイメージであり、今という瞬間に出くわすことができる実体と同じに扱うことはできません。もちろん、サイエンスを介して作られるイメージの中には、実体を精密に表せるものがあります。直面するまでにたどった軌跡を精密に再現することは、過去を表す精密なイメージを作ることです。また、生じることを精密に予測することは、未来を表す精密なイメージを作ることです。例えば、数学を用いた物理学の研究は、真空には物質に重さをもたせる能力が備わっているという予測を3名の科学者の脳に許しました。その予測が正しいとき存在しなければならないヒッグス・ボソンは、スイスのジュネーブの郊外に建設された巨大加速器によって2011年に検出されました。古代マヤの人々も古代ギリシャの人々も気づいていた天体現象である惑星や月の運動に関しては、ニュートン力学が過去の軌道の精密な再現も未来の軌道の精密な予測も可能にしています。ニュートン力学に基づいて、日食の精密な予測も月食の精密な予測もできるのです。今日の人類の脳に許された最も精密な予測は、電子の異常磁気モーメントを量子電磁力学に基づいて計算することです。電子の異常磁気モーメントの実験値と量子電磁力学に基づく計算値とは10桁以上一致しているという驚くべき精密さを達成しています。

実体を精密に再現できるイメージをいかに作り出すかを追究する活動には、サイエンスの真髄が現れています。そのようなイメージがどれだけ人の認識を深めることに貢献してきたか、その貢献の大きさを疑う人はいないはずです。それでも、サイエンスを介して予測されるもの、あるいはサイエンスの計算を介して予測されるものは、実体ではなく一層の精密さを追究しなければならないイメージだということです。それは実体ではないのです。実体への直面は、実験や観測を介してのみ達成されるのです。しかも、実体への直面は、唯一、今という瞬間にのみに許されるのです。今という瞬間は、何にも代えがたい重要さをもつのです。

これは、普遍的なことであり、短期記憶を司る神経細胞組織がぶっ壊れていないだけでなく、長期記憶を司る神経細胞組織もぶっ壊れていない幸運な場合においても、今という瞬間は特別な重要さをもつのです。ただし、短期記憶用の神経細胞ネットワークも長期記憶用の神経細胞ネットワークも健全に機能していることで持たされるネガティブな意識のために、今を非難したい状態に追い込まれるかもしれません。たとえそうであるとしても、たった一度しか直面しない今という瞬間は、実体と出くわす唯一の機会なのです。

これは、実体とは何かを定義する1つの方法となっています。実体には、今というその瞬間に直面し、脳神経組織内に留まるものはイメージです。CCDカメラで撮影したメモリーチップ上の像も同様です。短期記憶機能も長期記憶機能も共に貧弱になる状況にたびたび追い込まれてきたわたしは実体の定義の方法に気づかされたのです。

過酷な現状のために宿命づけられた将来であっても、現状を改善しようと思えば、子どもたちのため、子孫のために将来を改善できるはずです。このように語る16歳の少女マララさんの夢は、女の子たちに勉強する機会が与えられることです。このようなケースにおいて、むしろ、このようなケースだからこそ、今という瞬間は地球規模の重みをもってきます。たった一度しか直面できない瞬間を大切にすべきですから、ネガティブなイメージに満たされた脳神経組織の状態を超えて、マララさんのように直面する実態とポジティブに向き合うことができることは、何に関しても望まれることです。わたしのケースでは、今という瞬間は、私的な重さを持つに過ぎません。それでも、わたしにとって、その瞬間は大福と命名された実体と直面するために重要なのです。

大福を食うことこそ人を幸せにするんだと、わたしと同様に確信して今を生きている方がおられるかもしれません。もちろん、わたしとは異なり、進化した脳を持つ人類にふさわしい目的意識を携えて今を生きている方がほとんどであると思います。確かに、より大きな利得を獲得することが進化した人類にふさわしい活動であると確信して今を生きている方がおられます。何について確信しどのように今を生きるかはさまざまです。たくさんのお金を使うことこそ人を幸せにすると確信している方もおられます。お金の使われやすい状況が社会に確立されてこそ人は幸せになると確信している方もおられます。人のために活動するという誇りを大事にしている方もおられます。文化や芸術のために活動するという誇りを大事にしている方もおられます。文明とは独立に生きることに誇りを持っている方もおられます。脳の活動に自由を与えることで「空」を意識し直し、そのことで認識の深化や心理的豊かさの拡大を図るという活動に誇りを持っている方もおられます。

一方で、戦争、環境汚染、気象現象など、何らかの原因が発生させた過酷な状況がもたらしているネガティブな意識を抱え込みながら絶望的今を懸命に生きている方がおられます。不幸にもネガティブな意識を抱え込まされながら、その上に不満で「今」をいっぱいに満たして生かされていると言わざるを得ないようなパッシブな脳の状態を抱えている方もおられます。「今」を生きるヴァリエーションは、主体的であることから受動的であることまで、かつポジティブであることからネガティブであることまでに及んでいますが、わたしたちは、一度しか訪れない各自の「今」を生きています。

１３７億光年の拡がりが確認されているこの宇宙に、「今」を生きるわたしたち生物が生まれた理由には、水素結合を介した特別な自己組織化機構と水素イオンを介した電子伝達機構とが関わっています。その自己組織化機構は、10の23乗個という莫大な数からなる分子集団の中で、ＤＮＡ分子、ＲＮＡ分子、そしてタンパク分子の複製を許し、電子伝達機構は各種酵素反応の進行を可能にしています。形成されたＤＮＡ分子は、細胞活動に対する命令を司り、細胞に生きることを課しています。生きることが、あらゆる生物体に課されているのです。生きる理由を自分の脳が理解していようがいまいが、ＤＮＡ分子は生きる理由を生物体に突きつけているのです。ＤＮＡ分子は、細胞がとことん生きることができるように分子レベルの仕組みを提供しているのです。人だけでなくすべての生物がとことん生きられるように仕組まれているのです。すべての生物がとことん生きられるように仕組んでいるＤＮＡ分子は、各生物がもつ命に同じ重みを持たせ、すべての命の存在をいとおしみいたわっていく覚悟を人に求めているのです。ＤＮＡ分子の活動は、生命システムとしての生物体が、どんな生物体であっても生が軽率に損なわれることがないようにしているのです。ＤＮＡ分子の活動は、どの生物体に対しても生命の重みは等価であることをわたしたちに気づかせています。これは、荘子の哲学と合致することです。

喜びながらその脳の状態にとらわれず悲しみながらその脳の状態にとらわれずに、直面する実態を客観的に受け止めることができれば、その脳の状態は、主体的自由の実現を助け、どんな窮地の中でさえＤＮＡ分子が自分に課している生を最後まで楽しませると荘子はわたしたちを勇気づけているのです。受動的な自由とか比較の上に成立する優位性とかに関心を集積することなく、一度しか訪れない「今」を認識し直し、脳の状態をフレキシブルにし、脳の活動に自由を与えることができれば、己にとらわれない状態を達成できます。そのとき、主体的な自由を見いだすだけでなく、反グローバルな根拠によって傷つけられた許容性を癒やすことさえできます。そして、各自の「今」を尊重できます。それは、多様性を受け入れる脳の状態と道徳心の高さとが地球の上を覆っていくことを許します。しかも、文化の多様性が許容され誰にとってもポジティブで個性的な文化圏がグローバルに発達することが許されるはずです。それは、地球上に生きる地球市民にとってのグローバルな今を心理的に豊かにするはずです。

確かに、世界規模での共通化あるいは世界規模での標準化を目指そうとする活動は、同じことに関心を持つ脳の状態を励ます働きかけであり、その活動は、市場で売り買いされるものと引き換えに、心理的な自由度の減少を心地よく受け入れてもらえる雰囲気を作りだすことです。しかし、地球規模で活動を実行することが、標準化を目指すことのみに特化されるわけではありません。それを実行することには、地球上の各地に育まれている文化に敬意を払う行為が含まれます。グローバライゼイションによって活性化させられる観光という活動においては、標準化よりむしろ地域を尊重した特殊化に重要性があります。地域の尊重によってもたらされる多様性を感じることは、グローバルな今をわたしたちが生きている証しとなります。

特殊な社会事情と工業化とによって発生させられた困難を改善するためにやむなく育てたノウハウを、世界各地の事情に合わせて調和させ直し、現地の人々が抱えた困難を改善するためにそれを提供する活動は、グローバライゼイションにカテゴライズされる活動です。ただし、各地の事情に合わせて調和させ直すことには、世界規模での標準化とは異なる方向性が認められます。そこには、現地の個性を尊重する意志が現れています。

地球上の各地で暮らす人々それぞれに、たった一度しか訪れない「今」があります。その「今」に、地理的条件や文化に依存したさまざまな特徴を見いだすことができます。それゆえにエキゾチックな雰囲気への興味がふくらまされるのです。それに気づくことは、脳の状態をフレキシブルにし、「今」を生きていることを、より貴重にします。それは、多様な「今」に、より深い敬意を払う動機をもたらします。その多様性とそれを許容する脳の状態とは、道徳心の高さと人類の文化資産とが地球上を覆っていくことを許すはずです。

著者プロフィール

金子 哲男（かねこ てつお）

1953年千葉県生まれ。

古典流体の対相関関数の二相関関数和表現、非格子型パーコレーション、荷電粒子クラスターや非荷電粒子クラスターに関するフラクタル次元、二相関関数に基づく気液相転移解釈、などの理論的研究。1年前より高密度量子流体の理論的研究を開始。

米国物理学会、The New York Academy of Sciences、The American Association for the Advancement of Science、米国化学会等の会員。日本物理学会、日本化学会、日仏哲学会等の会員。

本書は何か参考になることがあれば幸いと考えて母の体験をまとめたものです。最近、脳神経細胞に電気的刺激などを与え神経細胞の連結現象を発現させ麻痺を克服するニューロリハビリテーションに期待が高まっています（日本経済新聞2014年5月29日夕刊）。神経細胞の連結現象は、母の壊れた脳神経組織内で生じる必要がありました。その連結現象はパーコレーション現象の一つです。最後に、編集にご苦労をかけた文芸社の宮田さんに感謝申し上げます。

既刊の著書『科学することと気づき　物質に分け入る先人の道より』（文芸社、2009年12月15日発行）

ぶっ壊ればあさん

2014年8月15日　初版第1刷発行

著　者　金子 哲男
発行者　瓜谷 綱延
発行所　株式会社文芸社
〒160-0022 東京都新宿区新宿1－10－1
電話 03-5369-3060（編集）
03-5369-2299（販売）

印刷所　株式会社フクイン

ISBN978-4-286-15343-8